還暦ひとり旅

村上俊介

郁朋社

還暦ひとり旅／目次

装丁／根本 比奈子

ミツバチと初孫誕生

「お父さーん、来てみて！　早く、早く！」

わたしを呼ぶ、かん高い娘《むすめ》の声が、庭の方から聞こえてきた。

「なにごとだ……？」と、言いながら出てゆくと、

「ものすごい数《かず》のハチなのよ！　きっとミツバチだわ！　ブンブンブンブン、大きなボールのようになって、あの戸袋《とぶくろ》のなかへ入っていったのよ！　恐いわ！」

「若い女王蜂《じょおうばち》が、うちの戸袋をお城にえらんだのだな。」と、わたしは娘の指さす方を見た。

　小さい築山《つきやま》があって、花のような芽立ちの赤松の下かげには、かわいらしい池が見える。そのすぐ前の戸袋のあたりには、かなりの数のハチたちが、まるで、ハチのお祭りのような賑《にぎ》わいで、明るく飛びかっていた。

「近づいたら、襲ってくるだろうな。」と、わたしも困惑《こんわく》していた。

「お父さん、どうする?」と、娘はわたしの顔をのぞきこんだ。

「うーん、そうだな……?」

背筋をぴんと伸《の》ばして、胸をはって、娘をまもる姿勢になってはいたが、わたしとて、ただ、ながめるだけだった。

そのおよそ半年後、市の広報紙「市報」に、「百年塾のミツバチ博士」の紹介が載《の》った。その記事を読んで、さっそく、わたしはミツバチ博士に電話をかけた。うちに棲《す》みついたミツバチを、どうしたらいいか、とても困っているので、相談にのってもらった。

「それは、おめでたいことですよ。お宅の環境が、いい証拠ですよ。」

「ハチにとっては、いいのかもしれませんが、うちじゃ、ほんとうに困っているのです。なんとかしていただけないでしょうか。」と、わたしはひたすら頼みこんだ。

「それじゃ、ちょっと、お伺《うかが》いしましょう。」と、ミツバチ博士は言ってくれた。
二、三十分して、ミツバチ博士がやってきた。博士はすぐ仕事にとりかかった。雨戸をつぎつぎに外に出して、蜜《みつ》を少しとってくれた。しかし、博士のやってくれたのは、ただ、それだけだった。

「もったいないですから、このままにしておきましょう。来年の今ごろになると、いい蜜が沢山《たくさん》とれます。こちらが、なにもしなければ、ハチも、なにもしませんし、たとえ刺《さ》れたとしても、たいしたことはありませんから……。」

「そうかもしれませんが、でも、お願いしますよ。ハチの巣《す》を、なんとかしていただけないでしょうか。もらってくれる人がいれば、もちろん、巣箱の代金はお支払いしますから……。」

いくら頼んでも、ミツバチ博士は同じことをくりかえすだけで、雨戸をもとにもどして帰っていった。

ミツバチたちは古ぼけた戸袋のなかで、その冬を、ひっそりと過ごした。やがて、春になり、また明るく飛びまわって、せっせと蜜をあつめはじめた。わたしが巣の近くを通っても、巣の近くで草むしりをしていても、わたしになんら危害《きがい》を加えるようなことはしなかった。

二度目の冬になると、状況が少し変わった。ミツバチが、ときどき、古い戸袋の奥の方にあるらしい、すきまを見つけて、廊下へ舞《ま》いこんでくるようになったのである。

しかし、せっかく、ガラス戸にかこまれて温室のように暖かくなっている廊下に入れたというのに、すぐ、また外に出たいらしく、ブンブンブンブン、たえ間《ま》なく羽音《はおと》を鳴らした。すると、その耳障《みみざわ》りな音が気になりだして、

「しょうがないねぇ、出口は戸袋のなかでしょう。」と、やおら、わたしは腰をあげた。行ってみると、たいていは元気そうなハチだった。廊下のレースのカーテンのかげで、まるで小さな登山家が、登頂《とうちょう》を目ざしているかのように、なめらかなガラスの表面を、ひっしに登っていた。だが、少し登ったかと思うと、また、すぐ滑《すべ》りおちた。

「ほら、出なさい。」

わたしなりに、まあ、やさしい声をかけながら、アルミ・サッシのガラス戸を開けてやると、ハチはいかにもうれしそうに飛び去っていった。

年が明けて、娘はその秋に結婚した。

そして、ミツバチたちは、わが家に棲みついて三度目の冬をむかえることになった。するると、娘がいなくなって、ひとり暮《ぐ》らしのわたしをなぐさめるかのように、二匹とか、三匹とか仲間づれで、廊下に入ってくるようになった。

夜には、ひとり、ぽつねんと、こたつにはいっているわたしの頭上で、一匹のハチ（な

ぜか夜は、いつも一匹のハチ）が、電灯《でんとう》のまわりを、いつまでも飛びつづけることがあった。

つぎの年の梅雨《つゆ》があけたころに、娘が中元《ちゅうげん》のあいさつに来て、妊娠《にんしん》三ヶ月であることを知らせてくれた。

「お父さん、それで産前産後の三、四ヶ月を、ここでお父さんの世話になってもいい？」と、聞かれて、

「ああ、もちろん、いいよ！　大歓迎だ！　いよいよ、おれにも初孫誕生か！」と、歓声《かんせい》をあげた。

よもやこの会話を、ミツバチたちが耳にしたとは、とても信じられない。いや、たとえハチたちが、この話を聞いたとしても、わたしが彼らを退治《たいじ》することなど、ひとことも言っていない。じっさい、まだそのときは、わたしは彼らをあまり危険視していなかった。

ところが、ふしぎなことに、そのあと、ハチたちが急に攻撃的になったのである。

わたしが娘とこの話をした二日後の昼下がりに、ハチの巣の様子を見にいったとき、一匹のハチが、わたしの顔を目がけて体当《たいあ》たりしてきたのだ。

そのあとは、もう、わたしはハチが恐くて、庭に容易に出られなくなってしまった。ただ、折にふれて廊下から、ガラス戸の外側すぐ目のまえを、わがもの顔で飛びかうミツバチどもをながめた。やがて生まれてくる可愛《かわい》い孫が刺されでもしたら、それこそ、たいへんだ、なんとかしなければならないと、わたしは思いつづけるようになった。

ハチは身の危険が迫っているのを本能的に感知するのだろうか……？　師走《しわす》になって、娘がわたしのところに滞在するようになると、ハチどもは、いよいよ本格的にわたしにたいする攻撃《こうげき》をはじめた。

ハチが前に一度、わたしの顔を襲ったときは、刺しはしなかった。顔を目がけて体当たりしただけだった。しかし、とうとう年末近くに、二回も刺された。さらに、新年になってすぐに、三回目の襲撃《しゅうげき》をうけて、とてもひどく刺された。

さいしょに刺されたときは、だいぶ弱っているハチにやられた。廊下のカーテンに阻《はば》まれて、うるさい羽音をひびかせていたハチが、滑らかなガラスの表面を、もう登る力も、その意欲も失《う》せて、ただ、もがいていた。

「さあ、出なさい。」と、いつものように、わたしは慈悲《じひ》ぶかい声をかけながら、ガラス戸をあけてやって、さらに、手をさしのべたときだった。人さし指を、チクッ、と刺された。瀕死《ひんし》のハチだと思っていたが、その痛みは脳天にまで走った。

二回目は、早朝に起こった。娘はそのとき、まだ二階からおりてきていなかった。わたしが新聞を取ってきて、お茶をいれて、仏壇《ぶつだん》にお参りしてから、居間におち着いたときだった。

こたつに手を入れたとたんに、まえと同じ右手の人さし指を、また、チクッと、やられた。たしかに、チクッ、という感じだったが、その痛みは前回よりもかなり強烈だった。まえの晩おそく、娘が二階へ寝に上がったあとに、一匹のハチが舞いこんできていた。そして老人のわたしを、からかうかのように、いらいらさせる羽音をひびかせて、ときには低く飛んで、電灯のまわりを旋回《せんかい》しはじめた。きっとそのハチが、こたつのなかに潜《ひそ》んでいたのだ。わたしは激怒《げきど》した。

そのころは、うちに棲みついたミツバチに対する、わたしのやさしい気持ちは薄らいできていた。いや、じつは、むしろ嫌悪《けんお》さえ覚えるようになっていた。

ハチどもが厚かましくも、ひんぱんに廊下や、ときには居間にまで、侵入してくるようになっていたのである。そのうるさい羽音を聞くたびに、頭にくるばかりでなく、恐怖さえいだくようになっていた。

「こたつまで占領しやがって！　もう、許さん！」と、わたしは怒鳴《どな》りながら、殺虫剤を取りだした。そして、こたつをていねいに密閉した。それから少し、すきまをつくって、おもむろに、そのなかに殺虫剤を思いっきり噴射《ふんしゃ》した。

三回目は、そのわずか数日後の、正月二日に起こった。よもや、こたつのなかでわたしに殺された仲間のハチの復讐攻撃《ふくしゅうこうげき》とは思いたくない。しかし、一匹のハチが、まさに捨《す》て身《み》の襲撃で、正月を祝っているわたしを襲ってきたのだ。

快晴の朝だった。まぶしいほどの朝日が、廊下のガラス戸を通して、居間の奥まで差しこんでいた。どことなく人妻らしくなった、娘の手料理でお酒をのんで、お雑煮《ぞうに》も美味しくいただいたあと、わたしはほろ酔いきげんで、外へ出てみた。北風が吹いていたが、ほてっている頬には、むしろ心地よかった。

「いい正月だ……。」と、つぶやきながら、すぐ、ハチが気になった。「巣も、もう、でかくなっているだろうな……。ところで、今朝は、ハチは飛んでいないな……。」と、おそるおそる、巣に近づいていった。「寒い北風が吹いているからな……。ハチは寒さによわいのだな。そうだ、もっとずっと寒い日をえらんで、吹雪《ふぶ》いている日などがいいな。その時、いっきに、あの戸袋をはがし取って、巣をまる出しにして、殺虫剤でハチどもを皆殺しにする……。初孫が生まれるのだ。しかたがないよ。ミツバチたちよ、まあ、そういうことだ。許してくれ。さてと、戸袋をどのようにはがし取ったらいいのかな……?」と、ひとりごとを言いつづけながら、幅一メートルほどの池と戸袋のあいだを、さっと通りぬけて、あらためて、北側の方から巣をながめた。

その時だった。どこからともなく一匹のハチが、わたしの右目をねらって突《つ》っこんできた。避ける瞬間もなかった。右のまぶたを深く刺された。

刺されたところには、ハチのからだの一部とみられる、生々しい小さい肉片が垂《た》れさがっていた。針《はり》は刺さったままだった。

そのハチは、それで命《いのち》をなくしたにちがいない。ミツバチの針には、ふかく刺したら最後、もう抜けなくなる、釣《つ》り針のアゴに似たものが付いているのである。

ミツバチ博士は、たとえ刺されても、たいしたことはないですから、と言っていたが、どうしてどうして、夕方になるにつれて、まぶたの腫《は》れと痛みは増すばかりだった。正月二日のことで、病院は休みだったから、まったく困ってしまった。

あくる朝になると、刺されたまぶたと、その周辺ばかりでなく、顔の右半分より、さらに広く、テカテカと照りかがやくほどに腫れあがってしまった。右の目は、そのために、まったく見えなくなってしまった。痛みも、いっそう、ひどくなった。

娘は大きな腹をかかえるようにして、わたしを助手席にのせて休日診療の病院へつれていってくれた。

病院からもどると、わたしはすぐに廊下へ行った。カーテンを少しめくって、ガラス戸ごしにミツバチどもをながめた。

彼らは奪取した庭の制空権を死守《ししゅ》しているかのように、十数匹の群れになって、ゆうゆうと飛びかっていた。わたしはその情景を片目になってしまった目で見つめた。

「娘が出産で、入院しているあいだに、消防に頼んで、こいつらの巣を取りはらう。もう、一刻の猶予《ゆうよ》もならぬ。生まれてくる初孫を守るためだ。」と、わたしは歯ぎしりした。

一月末になって、娘はいよいよ出産が間近にせまって、病院の近くの嫁《とつ》ぎさきへ帰っていった。嫁ぎさきは二世帯住宅で、階下には良人《おっと》の両親が住んでいたので心づよかった。

娘が良人の家へもどると、さっそく、わたしはその翌日、消防署をたずねて、懸案《けんあん》の仕事をたのんだ。

その日は、大寒《たいかん》になったばかりで、空《から》っ風《かぜ》が吹きわたっていた。

「ひゃあ、寒い風だ！　こんな寒い日には、ハチどもも思うようには動けまい。」と、わたしは心ひそかに、ほくそ笑んだ。

ところが、消防が来てくれたのは、小春のような、あたたかい日だった。やわらかい日ざしのなかで、ミツバチどもは活発に庭さきを飛びまわっていた。

隊員は四人だった。いちばん若そうな消防士が、完全装備に身をかためて、ひとりで巣にたち向かった。ほかの三人は殺虫剤で彼を援護《えんご》した。

若い消防士は、雨戸をすべてとり出して、それから戸袋をバールで剥《はが》した。数《かず》かぎりないミツバチの大群がその消防士を襲った。それに対し三人の隊員も両手にもった殺虫剤をまき散らして応戦した。乱闘は数十分もつづいた。

若い消防士はそのあいだに、なん層にもなって壁にへばりついた巨大な巣を、いくつかに切りとって地面に落とした。なん万匹、いやおそらくなん十万匹ものミツバチの死がいが重なりあって蜜にまみれていた。むき出しになった壁《かべ》からも、蜜がひっきりなしに流れおちていた。

消防隊員たちが帰ったあと、わたしは庭の片すみに大きな穴を掘《ほ》って、巣といっしょに、ミツバチたちの死がいを埋《う》めた。そのときわたしは、ミツバチたちのDNAのことを考えていた。

——死んだ、ミツバチたちのDNAは、それぞれ、とても想像できないほどの長い歳月にわたる生存競争にうち勝って、それまで生きてきたはずだ。それら一匹一匹の、この世では、ただ一つのものであるはずのDNAを、おれは永遠に無《な》きものにしてしまったのか……。ミツバチたちよ、許してくれ。わが子孫が生きぬくということは、こういうことなのだ……。


その二日後に、娘の陣痛《じんつう》がはじまったらしいというので、わたしは夜明け前の、まだ暗いうちに病院へ行った。病院には娘の良人と、良人のお母さんが来ていた。

それから、ほとんどまる一日が過ぎようとして、もう真夜中近くになって、娘はやっと男の子を無事出産した。

つぎの日も午後に病院へ行くと、看護師《かんごし》さんは、新生児室の窓ガラス越しに初孫の顔が見られるようにカート式のベビー・ベッドを押してきて、その小窓のところに寄せてくれた。

――おれの女房は、もうだいぶ前に、この世にはいなくなってしまったが、女房の遺伝子《いでんし》は、この孫のからだのなかで、いまも元気に生きている……。おれたちの孫よ、大きくなっても、そのＤＮＡをわが家の、そして、おまえたち一家の、宝《たから》もののように大切にしてくれ……。近ごろの若いひとたちは、適齢期《てきれいき》になっても結婚しないひとがふえている。彼らもやがては六十、七十の齢《とし》になる。いよいよ孤独の、病気がちな老人となって、施設の世話になるようになっても、見舞いに来るひともいない……。孫よ、そのようなひとになってはいけないよ……。できたら爺《じい》が生きているあいだに、ほんとうに愛し愛される人と結婚して、しあわせになってほしい……。そして、おまえたちの子もさずかって、わたしたちのＤＮＡを、つぎの世代へとひき継《つ》いでいってほしい……。

可愛い初孫の顔に見とれて、そのようなことを心のなかで、つぶやいていたとき、赤子が、ふと、わたしに薄目をあけた。おちょぼ口もかすかにうごかした。

「あ！　こっちを見て笑った！」

わたしは小さい声で叫んでいた。

七十四歳の引越し

住みなれた家を壊《こわ》すことになった。建てたのは結婚十年目で、わたしが四十歳、いまは亡き妻が三十八だった。そのときわたしたちには、小学二年生の長男と、二歳になろうとしている女の子がいた。

この長男が、結婚して十年ほど経ったころに、老人のわたしに同居をすすめて、築《ちく》三十四年の古い家を建てかえることにしたのである。彼の若い家族は、わたしたちの古い家から十数キロ離れたところに住んでいた。

解体工事を三月二十六日からはじめると、先の年末にきめたとき、引越しをその二日まえの、三月二十四日にした。それでわたしは、さっそく、新築の家が建つまでの住《す》まいをさがし歩いた。

やっと、三月半ばになって、長男たちが住んでいるところまで、歩いて七、八分のとこ

ろに、適当なアパートを探しあてた。しかし不動産屋の社員は、わたしの顔をあやしげな目でながめて、

「失礼ですが、おいくつですか?」と、言った。

「……? 七十四だが……。」と、答えると、

「申しわけございません。七十歳以上の方とは契約しないことになっております。」と、おどろきの返事がかえってきたのだ。あっけにとられて、わたしはその社員の顔を、ぼうぜんとながめた。

「じゃ、息子名義《むすこめいぎ》で借りることにするか。そうすれば、いいわけですね。」

「はい。ごめんどうでも、息子さんとご一緒に、息子さんのご印鑑《いんかん》もご持参のうえ、お出でいただきとうございます。」

「まるで、準禁治産者《じゅんきんちさんしゃ》だ!」と、わたしは声をやや荒げてつぶやいた。

「え?」

「いや、息子といっしょに出なおします。」と、さっと立って、わたしは外に出た。

聞きなれない、へんな、わたしのことばに、店員は目を丸くして、首をかしげていた。

桜の老樹の並木道を歩いて帰るとき、わたしはその店員のおどろいた表情を思い浮かべ

て、ひとり苦笑した。そして、ふと、苦学していた、むかしを思い出した。

二十代のはじめのころだった。旧制中学時代の友人と、たがいに励《はげ》ましあって、昼間は働いて、夜は大学の夜間部に通って、わたしたちは法律を学んでいた。ともに司法試験の合格をめざしていた。そのようなこともあって、わたしの口からごく自然に、「準禁治産者」という耳なれないことばが出たのだと思う。

「準禁治産者」とは、意思能力が不十分のために、家庭裁判所から、「禁治産者に準ずる者」と、宣告《せんこく》されたひとで、そのひとには、保佐人《ほさにん》が付けられるのである。

七十四歳のわたしは、自分では意思能力は十分にあって、元気に生きているつもりだったが、社会的には、もう、保佐人の要《い》る年になったのかと思った。

正月のはじめから、家をこわす前にしなければならない仕事に取りかかった。それは、わたしにとって、どうしても残したいものだけを選び出す仕事でもあった。それ以外のものは、廃棄《はいき》せざるをえなかったのである。

壊す家の二階の北側の部屋は、長男が結婚する前まで使っていた部屋で、そこには長男の中学生頃からの机と椅子だけが残っていた。また、二階の中の部屋には、とうに亡くなった、わたしの母の、むかしの鏡台《きょうだい》や古いたんすが置いてあった。これらはすべて処分することにした。

その南側の部屋には、亡妻の三面鏡と、その椅子、それに、桐《きり》だんすのほかに、娘が嫁ぐまえに使用していた品々がまだ残っていた。娘は年末の休みに来訪し、捨てがたいものだけを持ちかえった。

娘は、また正月早々にも来てくれて、その時はわたしも手つだって、桐だんすのなかの、亡妻のきものと帯をそれぞれ三点ずつ形見《かたみ》にえらんだ。そのほかの娘がとり残したきものと帯は、妻が独身のころに制作したという人形・「藤娘《ふじむすめ》」といっしょに焼却《しょうきゃく》することにした。

ありし日の妻が思い出される、きものと帯を燃やしてもらう、と考えただけで、つらかった。その焼却場へ向かう車のなかで、花やいだ和服姿の女房が、わたしのわきにいるような気がして、そっと、むなしく、そこに視線を向けてみた。

だが、ハンドルを手にしたまま、目をフロントガラス越しの前方にもどしても、なぜか、影のような彼女がわたしのすぐそばにいて、そのまま、ふたりで火葬場《かそうば》へ向かっているような気がしてくるのだった。

家財道具《かざいどうぐ》をすべて運ぶなら、引越しの仕事のいっさいを運送業者に頼むことができる。ところが、老人のわたしの場合は、そうはいかなかった。新しく建つ家の、わたし個人用のスペースは、ごく限られたものになるからである。なつかしい品々も思いきって処分しなければならなかった。

それまでは自宅のほとんどすべての空間が、いわば女房とわたしのものだった。しかし、新築の家を取りしきるのは、二人の子を養育している若い長男夫婦である。

階下での作業は、北の部屋からはじめた。まず、わたしの書斎《しょさい》、つぎに八畳の座敷と六畳の和室の居間、それから台所という順に、処分するものを大きいビニール袋につめ込んだり、ひもで束《たば》ねたりするやりかたで仕事をすすめた。

書斎は一畳分の板ばりの部分をふくめて七畳からなる広さだが、西側と南側の壁のところは、天井まで本棚になっていた。本棚に並んだ書物の上にも本や雑誌類が無造作《むぞうさ》にのっていたし、むりに、つめ込まれているところもあった。

それらの本のなかから、処分する本を迷いながらも、なるだけ多くえらび出すのは、時間もかかるし、容易でなかった。まったく意味のない仕事だったせいか、すぐに目は疲れてくるし、肩も凝《こ》って、いらいらするばかりだった。

書斎の北側にある押入《おしい》れの、ふすまを開けると、上の段には客用の布団《ふとん》が並んでいた。古い布団袋はすぐ見つかったが、長い年月のあいだに布団もふえていたので、ホーム・センターから新しい布団袋を買ってきて残りの布団をそれにつめた。いつも使っている布団類は最後に自分の車で運ぶことにした。

その押入れの天井近い段には、バッグ類や盆提灯《ぼんちょうちん》や亡父の剣道の防具まであった。また、下の段に重なっていた二個のプラスチック製の衣裳《いしょう》ケースには、家族のスキー・ウェアや、ハイキング用のヤッケや、帽子類、ナップザック類、そして、わたしが使用した登山用の品や、ルックザックなどが入っていた。それらも、もう使うことはないだろうと、ほとんどを処分することにした。

その衣裳ケースのわきには、三つの大きな段ボールが置いてあった。長い教員時代からの各種の資料や、手紙や葉書、アルバムや、ばらのままの写真や、学級文集などが入っていた。それらのなかで捨《す》てがたいものだけを一つの段ボールにまとめて、ほかのものは廃《はい》棄《き》することにした。

来る日も来る日も、このような仕事をやった。はじめのうちは、午後には、たいていい一回は処分するものを自分の車で清掃センターへ運んだ。今風《いまふう》の古物商店へ車を走らせたこともあった。亡妻が使った、いけ花用の花器類やお茶用の水さしなど、さらに新品のままのお茶わんも持っていった。また、酔って夜おそく帰った夜など、冷えきったわたしの足を彼女のあたたかい太《ふと》ももにはさんで、あたためてくれた女房がいなくなって、その代わりにと、わざわざ買ってみたのだが、買ったままになっていた布団乾燥機《かんそうき》も持っていった。だが、それらすべての品をまとめても、いくらにもならなかった。

ピアノは娘の嫁ぎ先にもあるし、長男たちは興味を示さなかったのでピアノ専門店へ売った。びっくりするほどの安さだった。

独り身の老人にとって、食事の心配が、たえず、つきまとった。まして毎日、引越しの準備で、めしを食うのさえ面倒《めんどう》になっていた。その一方で、きちんと栄養のあるものを食べなければいけないと、自分に言いきかせるのだが、朝のみそ汁でさえ、手をぬくようになった。昼どきが近づけば、毎度のことながら、まあ、それでも車でそば屋へ行った。

夕食には、わざわざ、スーパーへ行って食材を買ってきて、自分で料理する元気は、もう、なかった。近くのコンビニから弁当とサラダなどを買ってきて、酒を飲みながら夕めしをすませるようになった。

いよいよ引越しの日が迫ってきたころに、かぜをひいてしまった。朝起きたとき、のどが、かきむしられるように痛かった。だが、その日の午後も、捨てるものを清掃センターへ車で運んだ。その車のなかで、「医者に行くほかないな……。」と、つぶやいていた。その夕方になって、かかりつけのクリニックへ行った。待つこと約二時間で診察《しんさつ》はすぐ終わった。外はすでに闇夜《やみよ》で、冷たい雨が降りだしていた。

あくる日も、雨が降った。小雨のなか、三人の初老の清掃センターの作業員が専用のトラックでやってきた。大きな座卓や四人用の食卓と椅子、そして、机や本箱や古風なたんすと鏡台などの、粗大ごみとして捨てることにした家具類を、つぎつぎに積みこむ様子を見ていた、おとなりのお婆《ばあ》さんが、子供用衣裳だんすをもらってくれた。

医者のくすりをのんでも、体調はその後も、なかなか、よくならなかった。微熱がつづいていた。それでもわたしは、歯をくいしばって、かっと目を見ひらくようにしていた。とつぜん意識がなくなってしまうことを、恐れていたような気がする。

「休みながらやろう。なにがなんでも、ここで倒れてはならない。息子や娘たちに心配をかけるようなことは、ぜったいに避《さ》けなければならない。」と、自分に言いきかせた。

あとになって思ったのだが、わたしはその時、かなり意地っぱりになっていた。食べものも、日用品も、なにもかも窮乏《きゅうぼう》してしまった、戦中戦後のひどい日々を生きてきたものの意地っぱりだったのかもしれない。それに、年がいもなく、わたしは無意識のうちに、まだ若いつもりでいたのだ。

だが、もし引越しが一年おくれて、七十五歳になっていたら、四捨五入すれば、もう八十歳だと観念《かんねん》して、引越し業者か便利屋《べんりや》をたのんで、こまかく指示しながら、この仕事をやったような気もする。

じつは、これは、わたしの日ごろからの思いこみで、そして、わたしの体験から身についたのだが、五十代のときも、六十代になったときも、その後半になると、なぜか、「歳《とし》の坂《さか》」を感じるようになっていた。その年代の終わりに近づくにつれて、「歳の坂」を登るのが、ますます、きつくなった。そのようなこともあって、いつしか、わたしは年齢を、四捨五入して考えるようになっていた。

かなり多くの家財道具を処分して、だいぶ身軽《みがる》になって、やっと、引越しの日をむかえることが出来た。業者は午後一時に来ることになっていた。

平日だったが、長男は勤務を休んで、早朝から来てくれて、いろいろと、こまかいことまでやってくれた。

「家を壊すのは明後日だから、今夜は引越しの荷物を運んでもらってから、思い出がいっぱいつまったこの家で、最後の一夜を過ごしたいね。」と、長男が言った。

「そうだね。だが、夜は寒いだろうな……。」と、答えながらも、わたしは息子の気持ちがうれしかった。わたしもその時は、その気になった。

しかし友人二人が引越しの手つだいに来てくれたとき、わたしはごく自然に、その夜泊まるために使うはずだった台所用品も、まだ引越し準備が終わっていない、残り少ないものといっしょに、最後の荷造《にづく》りをその友人たちに頼んだ。

わたしは疲れはてていた。意識もかなり遠のいているような感じだった。ぼうっとしたままの頭で、引越した後の、照明器具も暖房器具もない、ローソクの灯《あか》りだけの寒い家に、その夜泊まるのは無理だと判断したのである。

引越しが終わって、手伝いに来てくれた友人たちも帰ったとき、外はすでに夕やみが迫っていた。見知らぬ土地の2DKのアパートの洋間に、わたしと中年の息子の、ふたりだけが黙《だま》りがちに残った。その七畳の洋間を、リビングとして使うことにしていた。

長男はその後も休むことなく、洋間にカーペットを敷いてくれたり、各部屋に電灯をすえ付けたり、長男の嫁《よめ》さんが用意してくれた、カーテンを取りつけてくれたりした。また、段ボールから台所用の品々をとり出して、キッチンの食器戸棚に並べたり、食料品類は冷蔵庫に入れてくれた。

やがて、夜も更《ふ》けてきた。

「これから、時間はいくらでもあるし、あとは、ゆっくり適当にやるから、帰ってみたらどうだ。子どもたちを風呂《ふろ》に入れるのだろう。」と、わたしは長男に言った。

「ふうん、そうだね。それで、めしは、どうするの？」と、長男はわたしの夕めしを気にかけてくれた。

「はじめての街を探訪《たんぼう》してみたいし……。」

「じゃあ、帰ってみるわ。さびしい街だし、夜道に気をつけてね。」

長男が帰ったとき、わたしは洋間の個室に、ぽつねんと坐っていた。耳鳴りがしていた。

「さてと、なにを食ってこようか。この街には、どんな店があるのだろう……？」と、ひとりごとを言いながら、立ちあがった。

駅前通りに出た。街は閑散《かんさん》としていた。街灯《がいとう》がさびしく灯《とも》っていた。そば屋を見つけて入った。帰宅途中のサラリーマン風の三人連れが酒を飲んでいた。わたしも煮込《にこ》みで熱燗《あつかん》はおかわりもした。

やがて、酔いがまわってきて、ざるそばを注文したが、少し食べのこした。人けのない夜道を、ふらつく足元を気にしながら帰った。


その後も、体調はよくなかった。疲労が全身に重くよどんでいた。引越して十日ほど経《た》ったころに、どうしたわけか、下痢《げり》をした。売薬《ばいやく》をのんで、寝たり起きたりしてるうちに、その二日後あたりには、どうにか下痢はなおったようだったが、食欲はなかった。

だが、心はかわいていた。バッハが聴きたい、と思った。しかし、CDの入っている段ボールは、仮《かり》の倉庫のようになっている、となりの六畳の部屋にあった。

その部屋は、洋服だんすと桐だんすのほかに、束ねた本の山と段ボールと衣裳ケースの山で満杯《まんぱい》になっていた。その高くつみ重ねた段ボールから、CDの入ったものを探してみたが、見つけることは出来なかった。

「しょうがない……。だが、やはり、買ってこよう……。」と、出かけることにした。ところが、店の駐車場に着いて車から降りたとき、めまいがした。気分もわるかった。

やっと、ＣＤ一枚を買って、すぐに、ひき返した。アパートに帰りついたときも、気分がとてもわるかったので、敷いたままになっていた布団に、からだを投げだすようにして寝た。布団のなかで少し眠った。

二、三時間過ぎたころに目が覚めて、トイレへ立とうとしたとき、めまいは、いっそう、ひどくなっていた。わずか四、五メートル先の、トイレへ行くのが容易でなかった。まるで目隠《めかく》しをして、スイカ割りでもするような格好《かっこう》で、両手を前方にのばして、一歩ふみだすと、すばやく、なにかにつかまるようにして歩いた。その夜は、なにも食べずに寝た。

あくる朝、水をひと口飲んだとき、きゅうに、吐《は》きけがした。黄みをおびた胃液《いえき》を苦しみながら吐いた。

「たいへんなことになった！」と、思った。

布団にもどると、心は乱れた。

「脳梗塞《のうこうそく》かな……？」と、おそるおそる、両手をにぎってみた。

「異常はないようだ……。それとも、アルツハイマーのような脳の病気なのだろうか……？　まだ幼い子のいる、息子夫婦や娘夫妻には迷惑《めいわく》だけはかけたくないし……。クリニックは、いつも、混《こ》んでいるしなあ……。救急車を呼ぶのは、いやだし、それにしても、どのようにして病院へ行くか……？　やはり、タクシーを呼ぶことにするか……。」

そのときだった。玄関のチャイムが鳴った。それと同時に、

「じーちゃーん。」と、わたしを呼ぶ子供の声が聞えてきた。

「あ！　今日は、真《しん》ちゃんの入学式の日だ！」

よろこんで、わたしは上体《じょうたい》を起こそうとした。すると、また、めまいがした。むかつくような気分になった。が、どうにか起きあがって、こわごわと両手を前に出して、さっと、なにかにつかまるようにして歩いた。そして、やっと、玄関にたどりついた。

玄関のたたきのサンダルの上に片足をのせて、ドアを開けると、可愛《かわい》らしい紳士姿の孫がいた。その後ろには、盛装した娘夫婦も立っていた。孫が小学校に入学したので、その祝いの赤飯《せきはん》と煮《に》しめを持って、孫の晴れ姿をわたしに見せに来てくれたのである。

しかし、また、吐きけにおそわれて、わたしは玄関の床のマットの上に、うずくまってしまった。苦《にが》い胃液を少し吐いた。

「救急車だ！　救急車！」と、娘の良人《おっと》が叫んだ。

「じーちゃん、だいじょうぶ……？」と、孫がわたしに近づいてきた。

「お父さん！　しっかりして！　すぐ、救急車が来るからね！」

やがて、娘が手配《てはい》してくれた救急車に乗せられた。救急車はアパートに着いたときとおなじ、あの、いやな音をひびかせて、アパートをあとにした。

そのとき、おとなりの若い奥さんが出てきて、見送ってくれた。それで、からだを起こして、あいさつしてから、横になろうとしたとき、アパートのかどの住人が、小窓の白いカーテンを少しめくって、のぞいているのに気づいた。

救急車には娘が乗って、わたしにつき添ってくれた。やがて、走りゆく救急車の鳴らす警笛《けいてき》を聞きながら、わたしは二十年もむかしのことを思いだしていた。

――あのとき、おれは救急車のなかで、点滴《てんてき》をうけながら三十数キロ先の病院へ転送される、重態《じゅうたい》の妻を見つめていた……。救急車は、雪の降りしきるハイウェーを、かなしい音をひびかせて、つぎつぎに路肩に寄って停まってくれる車をしり目に、ノン・ストップで走っていた……。だが、すべては、むなしかった。それから四ヶ月あまりの後には、妻は、もう、あの世へ旅立っていった……。

ところで、わたしの入院のことを口にするのは、なんとも面映《おもは》ゆい。娘夫婦たちや、血相《けっそう》変えて駆《か》けつけてくれた長男夫妻には、たいへん心配をかけたし、入院に必要なものを調えるのに、いろいろと面倒《めんどう》をかけたが、じつは、入院四日目の週末には、わたしは退院することが出来た。

引越しの準備で、疲れはてた年寄《としよ》りが、かぜをひいた後も、ろくなものも食べないで栄養不良になり、さらに、そのからだで下痢をおこし、下痢がなおったあとも、夜中になん度もトイレに起きるのがいやで、水分をあまり取らなかった。それで脱水症《だっすいしょう》もおこしてしまったらしい。

短期間だったが、入院することによって、規則ただしい食事をし、のんびりと気らくに過ごせて、そして点滴による治療で、すぐに元気になった。

まったく、老人の独りよがりとその頑固《がんこ》さは、困ったものだ。七十四歳は、もう、りっぱな老人なのだと、わたしは心ひそかに恥じいっていた。

立待月悲歌

一

「いつ、どこで、なにが起こるか分からないでしょう。そのようなときに、あとで家のなかを他人《ひと》に見られても、恥ずかしくないようにしておきましょう。」と、家を留守《るす》にするとき、妻の布美《ふみ》は新婚のころから、出かけるのに、てまどった。

彼女は、そのころから、だいじに生きている日々が、いつなんどき壊《こわ》されるかもしれないと、たえず恐れていたのだろうか……?

「きれいに老いたいわ。」と、のちになって、しんみりと言ったこともある。彼女はなにか不吉なものが近づいている、と感じとっていたのかもしれない。

布美は中年近くになったころから、公証役場《こうしょうやくば》にパートでつとめはじめた。地区の民生委員もしていた。ふたりの子の世話のことや、もろもろの家事にも手をぬかないようにしながら、なにかに急《せ》かされるように読みたい本をよみあさった。そのうえ、俳句を詠《よ》むことに精魂《せいこん》をこめていた。かな文字の習字や、ちぎり絵や、お茶もならっていた。そして、彼女が他界する直前の一、二年のあいだに、つねでないことが、いくつか起こったのだ。

東京の予備校に通うために、布美の実家の世話になっていた、長男の輝一郎《きいちろう》が北海道大学に合格したとき、布美は輝一郎といっしょに、輝一郎の妹の亜紀《あき》もつれて、札幌《さっぽろ》をはじめておとずれた。

布美たちは、就航《しゅうこう》さいごのときが間近にせまった青函連絡船《せいかんれんらくせん》にのって、北海道に渡った。親子三人で札幌市内を歩きまわって、輝一郎のアパートを借りてやり、生活必需品も揃《そろ》えてやった。

布美はそのとき、東京の親たちをこの北海道へ案内しよう、と思ったにちがいない。それから二年四ヶ月が経って、輝一郎が大学三年生になった年の夏休みに、両親を北海道旅行に招待した。

ところが、飛行機に乗ったことのない老母は、からだのことが心配になりだしたらしく、とうとう、出発日が近づいてきたころになって、せっかくの旅行を辞退《じたい》してしまった。布美はとても残念がったが、しかたのないことで、わたしたちは老父一人を案内して北海道へ飛んだ。そしてこれが、わたしたちの家族旅行の最後のものとなったのである。

函館空港へは昼まえについた。その夜は湯の川温泉に泊まることになっていたので、ひとまず、ホテルに寄って手荷物をあずけた。それから幌馬車《ほろばしゃ》にのって観光してまわった。

その夜は、早めの夕食をすませて、タクシーで標高三百三十五メートルの函館山へのぼった。

山の頂《いただき》でタクシーを降りたとき、街《まち》の明かりがつきはじめていた。しかも、薄明るさを残していた。やがて、あたりが暗くなるにつれて、色あざやかなネオンの灯《ひ》が、碁盤《ごばん》の目のような模様を描きだした。

つぎの日は、トラピスチヌ修道院や、五稜郭《ごりょうかく》公園をたずね、そのあと函館駅から電車に乗った。すぐに大沼公園駅で途中下車した。

天気は快晴だった。まっ青な大空を背景に、駒ケ岳の稜線《りょうせん》がすそ野までのびて、湖の水面にきれいに映っていた。その風景に見とれていると、

「お父さん、行くわよ！」と、そのときも布美に声をかけられたのを思い出す。

洞爺湖《とうやこ》には、まだ明るいうちに着いた。かなり高層のホテルだった。わたしたちの部屋

からのながめも、最上階の大浴場からのパノラマも、すばらしかった。すぐ眼下には洞爺湖が、そのずっと向こうには活火山の有珠山《うすざん》や、白煙をあげている昭和新山が見えた。

大浴場でゆったりとくつろいでから、夕映えの空に吹きあげている、有珠山のピンクがかった白い噴煙を窓ガラス越しにながめながら、わたしたちは夕食をたのしんだ。

その夜の布美は、ふだんはあまりのめないのに、ビールをけっこうのんで、

「ああ、あたし酔《よ》ったわ……。」と、桃色に染まったほおに手をあてていた。

翌朝は、ホテルの二階の湖の見える食堂で朝食をとった。朝食後はみんなで、涼しい朝の湖畔《こはん》をしばらく散策《さんさく》した。それから輝一郎が待っている札幌をめざして出発した。

札幌まではバスの長い旅だった。バスが峠《とうげ》で小休止したとき、乗客たちはバスから降りて、天を仰いで、のびをしたり、両手をうしろへのばしたりして、胸をつき出して深呼吸をして高原の空気をあじわった。

布美と亜紀は、大原女《おはらめ》のような売り子から、焼きたてのトウモロコシと蒸《む》したばかりのジャガイモを買ってきた。走りゆくバスのなかで食べたのだが、それも忘れられない、北海道の味と香りとなっている。

夕暮れどきに札幌のホテルにつくと、輝一郎が待っていた。その夜から彼は、わたした

ちのホテルに泊まって、行動をともにすることにした。

つぎの日は、輝一郎の案内で北大へ行った。布美は息子《むすこ》と娘《むすめ》と並んで、うれしそうな足どりで先頭を歩いた。クラーク博士の胸像のまえに来たとき、彼女は立ちどまって、しばらく胸像をながめていたようだったが、まもなく走ってきて、老父とわたしに追いついた。

わたしたちのまえを輝一郎と亜紀が歩いていた。輝一郎が妹の亜紀に、右手に見えてきた建物を指さして説明しはじめたとき、布美はすぐに亜紀のわきへ駆《か》けよって、顔を亜紀の前へつき出すようにして、さっそく、輝一郎の話にうなずいていた。

布美は、いつのまにか、亜紀とは反対がわにまわって、息子の輝一郎と肩《かた》をならべていた。そして、さながら天に風をおこしているかのように、亭々《ていてい》とそびえ立つポプラ並木の大樹を見あげては、

「いいわね!」を、くりかえした。

この地での二日目は、朝一番の定期観光バスに乗った。大倉山シャンツエや、羊ケ丘展望台などを見てまわった。こうして、札幌での日程をおえて、また特急電車にのって、最後の目的地へ向った。

巨岩や奇岩のそそり立つ、層雲峡《そううんきょう》のホテルについたとき、薄い夕もやが棚引いていた。ホテルのロビーでは、布美がわたしと結婚する前に東京・霞ヶ関のオフィスに勤めていたころ、布美の上司だった元事務官が、たまたま旭川に住んでいて、わざわざ布美をたずねて待っていてくれた。土産《みやげ》にと、みごとな夕張メロンと、毛《け》がにをいただいた。

翌朝は、チェック・アウトしてから、朝霧のはれた層雲峡を見てまわった。「柱状節理《ちゅうじょうせつり》」という規則ただしい縦長の割れ目の入った巨大な断崖《だんがい》は、壮観だった。その断崖を、高さ百メートルも落下してくる銀河の滝や、流星の滝などを背景に、布美は、ひっしに、わたしたちを写真のなかにおさめてシャッターをきっていた。

いよいよ、旭川行きのバスに乗って、帰途についた。その途中、大雪山系の旭岳へロープ・ウェーで中腹までのぼったのだが、中腹といっても、かなりの高さだった。比較的ゆったりと上ってゆき、かえりは速いスピードで下りていくように感じられるゴンドラのなかから、眼下にひらける広大な樹海《じゅかい》をながめた。

布美は、そのあまりの高さにおびえた。からだの前で組んだ腕を胸につよく押《お》しつけるようにしてからだを縮《ちぢ》めて、大げさに震えていた。わたしたちの背後に隠れるようにして、こわごわと眼下を見おろしては、小さい声ではあったが、亜紀といっしょになって、まるで少女のように騒《さわ》ぎたてていた。

旭川では旅の最後に、アイヌ文化の貴重な資料が見られるという、「川村アイヌ記念館」にたち寄った。

これで、五泊六日の、いわば布美が提供《ていきょう》してくれた旅のすべてを無事に終えて、またバスを乗りついで、夕やみせまる旭川の空港に着いた。そこで輝一郎に見送られて、わたしたちは羽田行きの飛行機に乗った。

それにしてもその頃、わたしたちの家の生活は、新築した家のローンの返済が、まだまだ残っていたし、輝一郎への仕送りもあって、とてもきびしかった。

しかし、布美は両親を、なぜか、どうしても待ったなしで、輝一郎の学んでいる大学のある街・札幌へ招待したかったのだろう。なんとしてでも旅行費用を捻出《ねんしゅつ》して、家族みんなで老いた親たちを、よろこばせたかったにちがいない。

(これは、布美が、とつぜん、こわい病気になって入院する、一年六ヶ月前のことである。)

北海道旅行の一年後の夏に、わたしの勤務する高校の野球部が、県大会で優勝して、甲子園初出場をきめた。

昭和のはじめに、高校の前身・旧制中学校が創立されて以来の、わが校野球部の快挙《かいきょ》であった。亜紀が、うちの高校の二年生だったたし、輝一郎は、おなじ高校の卒業生だったから、亜紀にあおられて、いっそう、わたしの家族は一家をあげて応援することになった。そのうえ、ほとんどの出場選手が、わたしの担当学年の生徒だったたし、甲子園では二回戦へと勝ちすすんで、その夏は布美も、亜紀といっしょになって野球応援に燃《も》えていた。

（それから一年も経たないうちに、布美は、もう、この世にいなくなってしまうのである。）


全国高校野球選手権大会が、甲子園で催された期間の、約五ヶ月前から約一ヶ月後までの半年間、県内では国際的なイベント、「科学万博」が開かれていた。

うちの家族も春休みと夏休みの二回、布美がこのときも、添乗員《てんじょういん》のような世話役になって、わたしの運転する車で高速道を走って万博を見に行った。

布美はその時、わたしたち家族に冷《ひ》やかされながら、家族みんな宛《あて》に書いた、「科学万博記念のはがき」を、会場内の専用ポストに投函《とうかん》した。二十一世紀を迎える初日に、新年を祝っているはずの、わたしたちの家に配達されるという、記念のはがきだった。

（二〇〇一年の元旦の朝には、主婦のいなくなった、わびしいわが家に、あの世の布美から、その科学万博記念の年賀状が届いた。）


「科学万博」が開催された年の暮れに、布美はわたしを、ダンス教室に誘《さそ》った。そのようなことに、いつも気がすすまなかったのに、なぜか、わたしはその時、すんなりとそれに応じた。

ところが、それからわずか二ヶ月も経たない、つぎの年の二月の半ばには、布美は緊急《きんきゅう》入院して、絶対安静の重病人になってしまった。

その前夜が、わたしたちがいっしょに踊《おど》った、最後の晩となった。布美はわたしと、まさに、ラスト・ダンスを踊っていたとき、きゅうに気分が悪くなって、すぐ、うちへ帰った。そして、つぎの日には、布美はもう、集中治療室の重症患者《じゅうしょうかんじゃ》になっていた。

それから四ヶ月半の苦しかった闘病もむなしく、彼女はこの世から去っていった。

（彼女にとって、わたしと踊ることが、この世から旅立つ前にやりたかった、やり残しの宿題のようなものだったのだろうか……。）

二

亡妻・布美の遺句集《いくしゅう》『桜貝』を出版してから、わたしは布美をモデルにした小説にとりくんだ。そうしたなかで、たまたま彫刻家の友人から聞いた話が、たびたび、わたしの心によみがえってきた。

『鬼の首』、『見つけたポーズ』、『エーゲ海に捧ぐ』など、多くの傑作をのこした彫刻家・木内克《きのうちよし》は、作品を制作していて、それが完成した瞬間に、「これでよし！」という、〈天の声〉を聞いた、という話である。そのことが、なぜか、この物語を書いているときの、わたしにも、あてはまるような気がしていた。

木内克のような天才ならいざ知らず、おれのような凡人《ぼんじん》が、おなじようなことを言うとは、いよいよ、おれの頭もいかれたか。

心ひそかに、不安になるときもあったが、たしかに、わたしの耳にも、〈天の声〉のようなものが聞えるときがあった。その声があるとき、「あ！　布美からの声だ！」と、思った。広島・山口方面から北九州へ旅したときのことだった。

旅行の最終日、羽田行きの飛行機は、福岡空港を午後まだ日が高いうちに離陸《りりく》した。やがて、一時間ほど過ぎたころから、飛行機は高度を下げはじめた。まもなく、座席のとなりの小窓から見おろすと、伊豆七島と思われる島々の白波が、夕焼けの海に光っていた。

常磐線スーパーひたち号にのって、上野を出発したときには、外はすでに日が暮れていた。やがて電車は、一時間あまり経ったころから、進行方向を北東から北の方へ向きを変えて走りつづけた。

下車するH駅に近づくにつれて、青白い月の光が、電車内の明かりのために、かすかな色になってはいたが、わたしの座席にも差《さ》しこんできた。

窓の外を見あげると、青く澄《す》んだ夜空には、やや、いびつな円い月が、羽衣《はごろも》のような白いちぎれ雲の上に、ぽっかりと、浮いていた。

「ああ、今夜の月は立待月《たちまちづき》だ！　おとといの夜が、十五夜だったな……。」と、月に向かってつぶやいた。わたしはそのとき思った。

――そうだ！〈天の声〉は、布美からの声だったのだ！　精霊《せいれい》になったおまえが、おまえとおれの物語を書いているおれを、いつも、天から見おろしていて、ときには、〈天の声〉を発して、おれに納得《なっとく》させながら、この物語を、おれに書かせていたのだ……。結婚式の夜に、旅館の離《はな》れの廊下から、おまえといっしょにながめた月も、立待月だった……。

まだ、新幹線の通ってないころだった。新婚旅行に京都・奈良方面へ行ったのだが、目的地に着くだけでも二日がかりだった。途中下車して、わたしたちは熱海に一泊した。

結婚式が終わったあと、午後に出発して熱海の伊豆山に着いたときは、もう、夜だった。チェック・インすると、わたしたちは長いトンネルのような廊下をかなり歩いて、途中でわきに折れて、離れに案内された。

離れの廊下から、庭の植えこみを透《す》かして見おろすと、闇夜の凪《な》いだ海が、ずっと下のほうに静まりかえっていた。

湯あがりの、ふたりだけの豪華な晩餐《ばんさん》だった。夢のなかにいるような気分だった。食事が終わると、空いた皿や小鉢《こばち》が話題になっていた。

ふと、月影が、障子に映《うつ》っているのに、布美が気づいたらしかった。

「あら、月が出たのかしら……。」

布美は、すっくと立って、廊下のガラス戸をあけた。

「すばらしいながめだわ! あなた! 早く、早く! 来て見て! 赤い月が昇《のぼ》ったのよ!」

わたしも、すぐに行って、彼女のわきにすわった。

「ああ、いい月だ……。」

「きれいね……。」

「海に映っている月の光も、いいな……。」

おだやかに眠っていた暗い海が明るくなり、その海に、ぼうっと、淡《あわ》い赤レンガ色の大きなイチジクのかたちの月の光が、しずかに天からおりてきていた。

「なんだか、こわいわ。」

「せいぜい、気をつけようね。月に連れていかれないようにね。」

「おとといの夜が、お月見だったでしょう。だから今夜は、十七夜よね。そうだわ、今夜の月を、たしか立待月《たちまちづき》と言うのよ。」

「十六夜の月が、いざよいの月で、十七夜の月が立待月か……。うーん、立待月もいいな……。すこし欠けていて、まんまるでないのも、おもむきがあるね……。」

「あたしたちも、ずいぶん待たされたから、今夜のお月さま、あたしたちのお月さんみたいね……。」


わたしはH駅で下車した。いつも利用する中央口からでなく、海岸口から駅舎を出て、海の方へ歩きだした。

三月の彼岸過ぎに、医者から見放《みはな》されて自宅へ帰されてからも、布美は丸山ワクチンの注射をしてもらうために通院していた。その帰りに、なん度か海が見たいというので、布美を助手席にのせて海を見に来たことがあった。

そのときのことを考えながら、青白い月の光のなかを歩いた。やがて、布美が再入院するまえに、車から外に出て、布美とふたりで海をながめた、「初崎《はつさき》の岬《みさき》」に、わたしは立った。

月の光に洗われる磯《いそ》をながめ、月の光にきらめく大海原を見渡して、心をしずめて、おそるおそる月を見あげた。わたしの目は、うるんできていたが、立待月も泣いているおももちで、青く澄《す》みわたった夜空にとどまっていた。羽衣のようなちぎれ雲も、心なしか身をふるわせているようだった。

「おれがいま書いている、おれたちの物語を、きちんと、おれが完成させるために、おまえは命《いのち》を劇的にちぢめたのか……。」と、つぶやいたとき、かなしみが、どっと胸に、こみ上げてきた。熱い涙が、ほおをつたわり、しおからい鼻《はな》みずを口もとに感じながら、わたしは月に向かって話しかけた。

「結婚する前は、折《お》りあるごとに、おまえに支えられて、おれは文学を志していた。だが、おまえと結婚して、いい日々を送っているうちに、ただ安穏《あんのん》と生活するようになってしまった……。この物語を単行本にまとめようと思ったのは、おまえが、とつぜん、この世からいなくなって、せめて、おまえの闘病の記録だけでも、ひとつの作品にしよう、と思ったことがきっかけだった。おまえはその課題を、怠《なま》けもののおれに遺《のこ》していってくれたのだな……。」

いつまでも、さびしそうに中天《ちゅうてん》にとどまって、わかれを惜《お》しんでいる立待月に、悔恨《かいこん》の思いを、くどくど言っていると、ほおに涙がとめどなく流れた。

波の音にさそわれて、わたしは砂浜に下りた。逢瀬《おうせ》の浜の方へ歩いていった。そこへは、布美が公民館の俳句教室に通っていたころ、彼女を案内してきたことがあった。

月夜の逢瀬の砂浜は、それほど広いところではないのに、わたしの目には、天上界の、どこか果てしない砂丘のように見えてきた。

「砂丘ゆく雲の春めく風のすじ」

布美の詠んだ句を口ずさんだとき、

「これでよし！」

布美の明るい声が、天から聞えてきた。

天上界は、春の夕日にきらめく凪《なぎ》の海……。

耳のかくれるような帽子をかぶり、淡《あわ》いピンクのワン・ピース姿の布美が、うれしそうな笑《え》みを目に浮かべて、下界を見おろしながら、夕映えの渚《なぎさ》で、さざ波とたわむれている……。

還暦ひとり旅

旅立つ

中東の雲行きがあやしくなって来た、一九九〇年の夏に、わたしはイギリスへ旅立った。還暦《かんれき》をむかえて、その年度末に定年退職してから四ヶ月が経《た》っていた。

ヒースロー空港では、高校で教えたことのある奥田君と、彼の奥さんのお父さんの柏木さんが出迎えてくれた。二人の案内で、板つきの、かまぼこのような形をした車輌《しゃりょう》の地下鉄に乗った。そして、ロンドンのヴィクトリア駅で下車した。

予約しておいた、駅に隣接するホテルのフロントのまえに立って、いざ、チェック・インしようとしたとき、その手続きに必要なものが腹巻《はらまき》のなかだと気づいた。

「ああ、どうしよう……?」その瞬間、どうしていいか分からなくなってしまった。

しかし、あまりにも疲れていた。その直前までは、なかば眠っているかのように、頭はぼうっとしたままだった。

「えい！　ままよ！」もう、やぶれかぶれの気持ちになって、フロントの前で、わたしは腹のあたりを、まさぐりはじめた。それを目ざとく見つけた奥田君は、ささやき声ではあったが、きびしい口調《くちょう》で、わたしの耳もとで、

「先生、それはだめです！」と、言った。

「エ、エックスキュウズミー、ジ、ジャスタモーメント、プリーズ！」

とっさに、わたしもことの重大さに気づいた。すぐ、トイレへ急いだ。奥田君もわたしのあとについてきた。

トイレで用をたす格好《かっこう》で、わたしはまえをはだけて、パスポートやトラベラーズ・チェック（海外旅行者用の小切手）をとり出した。

「先生ったら！　いやだな！　先生は紳士《しんし》でしょう！　拳銃強盗《けんじゅうごうとう》にでも、まちがえられたら、えらいことになりますよ。ハッハ、ハ。」と、彼はわたしの背後で笑った。

冷や汗をかいたあと、やれやれ、と苦笑《くしょう》しながらフロントにもどって、あらためてチェック・インをすませた。それから制服姿のボーイの案内でエレベーターに乗って、わたしの部屋へ行った。

大きなスーツ・ケースを運んでくれたボーイに、イギリスではじめて、チップをわたし

た。

「サンキュウ・サー。」

「ユア・ウエルカム。」と、答えたとき、異様《いよう》な緊張《きんちょう》がわたしの胸に走った。いよいよ、おれのイギリスの旅がはじまる、と思った。

奥田君の会社のロンドン支店が、さほど遠くないところにあるので行かないかと、誘《さそ》われた。それで、わたしも一緒《いっしょ》に出かけることにしたのだが、わたしはその時、空腹と疲労で、ふらふらだった。

ヒースロー空港に着くまで、十二時間以上も飛行しつづけ、機内食が数時間おきに二度も出されたというのに、わたしはなるだけ食べないようにしていたのである。

じつは、時差《じさ》ぼけを軽くする方法として、機内食は極力《きょくりょく》ひかえめにして、現地に着いてから、美味《おい》しい料理を心ゆくまでたのしんで、いっきに眠るのですと、旅行店の女子店員から聞いていた。

わたしは、あまりにもばか正直だった。その助言を忠実に守り、あまりにも空腹になって、ふらふらになってしまったのだ。

異郷《いきょう》の大都会のただなかを歩きながら、ひとりになるのは、とても不安だったが、もう歩けそうになかった。やむをえず、ひとりになってホテルへひき返すことにした。

電光のまぶしいアーケードを、疲れたからだを案じながら歩いた。やがて空が、きゅうに薄暗くなって、心細さがいっそうつのってきた。

ふと、そのとき、大通りの向こうの夕空に、青色に光るネオン・サイン、「〇〇ステーキハウス」の英文字が目についた。

「あの店へ行ってみようかな……?」と、つぶやいたとき、もう、どこでもいいや、とにかく、そこへ行ってみよう、と思った。

その店は駅の近くにあった。電光の華やいだ店のまえで、ひととき、たじろいだが、おもいきってドアをあけた。若いウェイターが出迎えてくれた。奥まったテーブルに案内された。

スターター（最初に出す料理）という、立派なメニュウ帳をひらくと、二十種以上もあるリストに恐れをなしたが、とにかく、まあ、その最初のものと、メーン・ディッシュのステーキと、手ごろな値段《ねだん》の赤ワインのボトルを注文した。

やっと、かなり豪華《ごうか》な食事と美味いワインにありつくことができた。ワインは少し残したが、だいぶ酔《よ》ってしまい、ふらつく足もとを気にしながらホテルの部屋にたどりつくと、シャワーを浴びた。そして、ベッドに寝ると、すぐに眠った。

ところが、三時間ほど眠ると、夜中の一時ごろに目がさめてしまった。そのあとは、どうしても寝つかれないで、寝がえりばかりしていた。目をあければ部屋は暗いし、眠ろうと目をとじれば、まぶたの奥の暗闇《くらやみ》の頭蓋骨《ずがいこつ》のなかでは、英会話のセリフが稲妻《いなずま》の光のように飛びかった。これからの英語だけの生活が、とても不安に思えてくるのだった。


あけ方近くになって少し眠った。目を覚ましたときは、九時を過ぎていた。ぼうっとしたままの頭で、

「朝めしは、どうしよう……？」と、迷った。

最初の二泊だけだったが、わたしには高級すぎるホテルだった。それで、めんどうなことだったが、シャワーを浴びて、ひげも剃《そ》った。スーツに着がえた。ネクタイもしめた。靴もきれいにして、一階のレストランに降りていった。

「モーニング、サー。」

年配のウエイターの出迎えを受けた。「グッド・モーニング、サー。」と、言っていたのかもしれないが、「グッド」がまったく聞こえなかった。窓ぎわの席に案内された。

「どうぞおかけ下さい。」と、ウェイターはわたしの後ろにまわって、椅子《いす》をひいてくれた。客は疎《まば》らだった。わたしの席の白いテーブル・クロスも、窓べの植えこみのみどりも、いかにも涼しげだった。

白衣のウェイトレスが、紅茶用のポットと熱湯のはいった小ぶりのポットを盆《ぼん》にのせてもってきた。そして、テーブル上のものに片手をむけて、

「どうぞご自由に。」と言ってから、注文を聞いて立ちさった。テーブルの上には、ティー・カップと、ミルクとシュガーのほかに、バターやマーマレードが置いてあった。なれない手つきで、わたしはイギリスのミルク・ティーを淹《い》れた。ティーをカップに注いだとき、そのいい香りが、ふわっと、ただよってきて、心をゆったりと、くつろがせてくれるような気がした。そのコクのある風味《ふうみ》も格別だった。

やがて、ベーコン・エッグなどのディシュとトーストが運ばれてきた。おどろいたことに、トーストは厚さ五、六ミリの薄切りの食パンで、キツネ色にカリカリに焼いたものだった。

朝食が終わったころには、それまでの心の緊張は、ほとんど、なくなっていた。

「とうとう、イギリスへ来た！」と、思った。

妻を亡くして、四年が過ぎていた。心にわだかまっていた、暗い悲哀《ひあい》を向こうへ押しやるようにして、きよらかな感慨《かんがい》にひたった。ガラス窓ごしの植えこみのすきまから、異国の人たちや車の流れを、ひととき、ただ茫然とながめた。

部屋にもどると、ラフな服装に着がえてベッドに横になった。からだも神経も、まだ疲れていた。のんびりしようと努めてみた。しかし、どうも落ちつかないので外出することにした。

ベッドの枕《まくら》の下に、十ピー（ペンス）のチップをおいて、地図とガイド・ブックがショルダー・バッグに入っているかを確かめてから部屋を出た。

まえの日の夕方、奥田君たちに誘われた、ヴィクトリア通りを歩いてみよう、と思った。そして、できることなら、テムズ河まで行ってみたいな、と考えた。

歩きながら、ときどき、地図を見た。しばらくして、ロンドン警視庁《けいしちょう》のニユウ・スコットランド・ヤードに気づいた。奥田君の勤務する会社のビルは、道路をはさんで、その反対側あたりだと聞いていた。ああ、彼はここで働いているのかと、そのビルを見あげてから、なお歩きつづけると、右手に豪壮《ごうそう》な国会議事堂が見えてきた。

やがて、テムズ河にかかる近代的な橋に出た。地図で確かめると、その橋がウェストミンスター・ブリッジだった。さらに、河の下流の方を見ながら、いくつか見えた橋の名を地図で確かめていたとき、おや、ウェストミンスター橋のとなりの橋の、その向こうの橋がウォータールー・ブリッジだ、と気づいた。

終戦後にヒットした映画『哀愁《あいしゅう》』の原作名が、『ウォータールー・ブリッジ』のはずだ、と思った。往年の名画『風と共に去りぬ』で、スカーレット・オハラを演《えん》じた、ヴィヴィアン・リーが、映画『哀愁』ではヒロインのマイラを演じ、マイラがみずからの死をえらんだところが、このウォータールー橋だった。

わたしは、この『風と共に去りぬ』のビデオも、『哀愁』のビデオも、英会話の聞きとり用にと手もとにおいて、なん度か観ていた。

映画『哀愁』は、その題名の日本語訳の意味するとおりに、また、そのなかで奏《かな》でられる哀しい調べのとおりに、哀切《あいせつ》きわまりない物語である。

第一次世界大戦下のある日、空襲警報《くうしゅうけいほう》のサイレンが鳴りひびき、ウォータールー橋は逃げまどう人びとで雑踏《ざっとう》していた。その群集のなかで、バレエの踊り子のマイラが、肌身《はだみ》はなさず持っていたお守りの小さい人形を落としてしまう。

たまたま、それまで橋の欄干《らんかん》にもたれて川面《かわも》をながめていたロイ・クローニン大尉が、そのとき彼女をたすけて、そのお守りをいっしょに探して見つけてあげた。それが縁で、ふたりは急げきに恋におちていった。

やがて、マイラはロイにキャンドル・クラブにさそわれる。そして、いつしか、その夜もふけていった。最後のワルツのアナウンスがあって、弦楽器の奏でる哀《かな》しい調べにのって、ふたりは愛のおもいを深めながら、からだを寄せあって踊った。その曲が終わりに近づくにつれて、ローソクの火が一つ、また一つ、と消されていった。

つぎの日に、ロイはフランス戦線へ出陣することになっていたのである。ところが、その当日になって、ロイの戦地への出発が延期されることになった。

それで、ふたりは急きょ、結婚式を挙げることにしたのだが……。皮肉《ひにく》なことに、その結婚式の直前になって、ロイは戦地へ緊急出動してしまう。

マイラは、所属するバレエ団の初老の女性監督の忠告を無視して、ロイとデートをかさねたために、バレリーナとしての職を失っていた。そのために、ロイが出征《しゅっせい》したあとの彼女は、やがて、日々の食べものにも困窮《こんきゅう》するようになる。そのような時に、彼女はロイが戦死したことを新聞紙上で知るのである。

もう絶望のはてに、マイラはやむなく娼婦《しょうふ》となって路上に立つようになった。ところがある日、彼女はウォータールー橋のたもとで、戦死したと思いこんでいた恋人、ロイ・クローニンと再会したのだ。

ふたりはその再会を、すべてを忘れてよろこびあった。ロイ・クローニンは、さっそく、マイラをロイの母に会わせるために、スコットランドのクローニン家《け》の館《やかた》へ案内した。

クローニン家では、ロイの恋人のマイラを歓迎して舞踏会が開かれた。その舞踏会のひとき、マイラはとなりに座ったロイの伯父らしいひとから、由緒《ゆいしょ》ある家柄のクローニン家の話を聞くことになる。

マイラはその時、ほまれ高い高貴なクローニン家を汚《けが》すことはできないと思い、ロイと別れることを決意する。そして、その夜おそく、マイラはロイの母親に会いに行って、みずからの身を汚した過去のすべてを告白して、その翌朝早く、ロイから逃れて、ロンドン行きの汽車に乗った。

――夜霧の立ちこめる、テムズ河を行きかう船からの、霧笛《むてき》のひびく暗い夜……。濃霧ににじむウォータールー橋の灯《ひ》に、ぼうっと映しだされた、欄干にもたれかかる女の影……。そのマイラは、やがて、思いつめた表情で、ひっきりなしに通りすぎる車のヘッドライトの流れに身を投げてしまう……。

映画『哀愁』の、かなしい場面を思い浮べていたとき、荘厳《そうごん》な鐘《かね》の音がひびき渡った。振《ふ》りかえって国会議事堂の方を見た。その右端に高く立つ、「ビッグ・ベン」の愛称で知られる大時計塔の鐘だ、と思った。

われに返ったわたしは、テムズ河の遊歩道を川下の方へ歩きだした。ウェストミンスター橋のつぎの橋のハンガーフォード橋まで来て、その向こうのウォータールー橋を、また、ながめた。アーチ状の橋げたのつらなる洒落《しやれ》た橋だった。

そこで左に折れて、観光客や鳩で賑《にぎ》わうトラファルガー広場へ行った。高くそびえるネルソン記念柱を見学してから、カフェに入って昼食をとった。

疲れていたが、地下鉄で帰れば、乗りかえしなければならないのが面倒《めんどう》だったし、不安でもあった。それで、また、テムズ河の遊歩道にもどった。

その帰途、ウェストミンスター寺院に寄った。壮麗《そうれい》なゴシック様式の白亜の塔を双方にすえた大寺院だった。おおぜいの観光客が来ていたが、わたしはなかに入らないで帰った。

最初のホテルに二泊して、チェック・アウトしたあと、はじめて、ヴィクトリア駅前のインフォメーション・センターへ行った。

インフォメーション・センターには、肉太《にくぶと》の英語の小文字「i」の看板が掲《かか》げてあった。その看板の「i」は、「炎の灯《と》ったロウソク」のような図柄で、よく目立った。

そこで、あらたに、奥田君の住むフラット（日本の、いわゆる、マンション）の近くに三泊の宿をとった。一般にビー・アンド・ビーと呼ばれる朝食付きの民宿で、さきに二泊したホテルの五分の一ほどの値段だった。

その夜の部屋は、むし暑かった。古い蛍光灯が、かすかな雑音をたてていた。まえのホテルの快適さと、だいぶちがった。

その民宿にはじめて泊まった朝、奥田夫人のお父さんの柏木さんが、観光しに行かないかと、誘いに来てくれた。ふたりで地図をたよりに出かけることにした。地下鉄に乗って、大英博物館をたずねた。

ギリシャ・イオニア式列柱の大英博物館の前に立ったとき、わたしはその壮大な建造物の威風《いふう》に圧倒された。しかし、そのまえの庭らしい敷地は、さほど広くなくて、むしろ庶民的な感じだった。

大英博物館に入って、すぐのところに売店があった。左手奥には、レストランもあった。天井の高い博物館の広い空間には、古代エジプトやギリシャ・ローマ時代の遺品、ガラス張りのミイラの列、エジプト象形《しょうけい》文字を解読するきっかけとなった、ロゼッタ・ストーンなどがあって、興味深かった。また、シェイクスピアが書いたという原本や、バッハ直筆《じきひつ》の楽譜《がくふ》もあった。

二階では、ミケランジェロ、ルーベンス、レンブラント、ターナーなど、絵の巨匠たちの傑作《けっさく》を鑑賞した。また、その一区画には、あやしく光る、抜《ぬ》きみの日本刀が整然とならんでいた。

つぎの日も、柏木さんと出かけた。快晴だった。真夏だというのに、とても、さわやかだった。バッキンガム宮殿をたずねた。

広大な、セント・ジェイムス公園の芝生のみどりや、色あざやかな花のむれを、左手にながめながら、のどかな並木道の、ザ・マル通りを歩いていくと、バッキンガム宮殿に出た。

宮殿前の開放的な広場は、観光客でいっぱいだった。その大勢の人たちは、みな、それぞれ、さながらキリンのように、くびを長くのばして待っていると、やがて、衛兵《えいへい》の勤務交代の儀式がはじまった。

衛兵たちは、黒《くろ》の毛皮の長い帽子をかぶり、真紅《しんく》のブレザーで、その華麗《かれい》な姿をきめていた。黒のスラックスの両側にも、ブレザーと同じ色の真紅の細い線が黒光りの靴までのびていた。その黒地に真紅の花やいだ衛兵たちの、きびきびした所作《しょさ》は、まるで、きらびやかな人形劇のようだった。

ただ、それだけのものだったが、まあ、そのたのしい雰囲気が、なんとも幻想的なお祭りのようで、ひととき、おとぎの国に入ったような気分にさせてくれた。

その週末には、奥田君の案内で柏木さん夫妻と四人で、ウェストミンスター埠頭《ふとう》から観光船に乗ってテムズ河をくだった。

テムズ河には橋が多い。ウェストミンスター橋のとなりの、ハンガーフォード橋、そして、あのウォータールー橋、さらに、ブラックフライアーズ橋、ミレニアム橋、サウスワーク橋、ロンドン橋へとつづく。つぎのタワー橋の手前に、観光船の発着所がある。そこで下船して、ロンドン塔をたずねた。

テムズ河にのぞむロンドン塔は、濃いみどりの森にかこまれていた。まわりは芝生のきれいな掘割と頑丈な防壁になっている。中世から九百年もの長い間に、つぎつぎに建て加えられて、二十を数えるほどの塔からなる、城塞式《じようさいしき》の宮殿である。

シェイクスピア劇『リチャード三世』に出てくるロンドン塔は、とてもこわい牢獄《ろうごく》、という印象をいだいていたが、案内書によると、ジェームス一世（一六〇三〜一六二五）の時代までは、イギリス王室の居城だった。

チューダー王朝（一四八五〜一六〇三）当時からの、紺に赤のぬい取りのある、珍奇《ちんき》な制服を着た護衛兵の案内を受けて塔内に入った。

塔のなかは、荒削《あらけず》りの、くすんだ石の壁にかこまれていた。高い天井は、見えないほどに薄暗く、湿りけをおびていた。

多くの刀剣類や甲冑類《かつちゆうるい》が展示されているところがあった。ほんとうに身にまとって戦ったのか、と信じられないような、いかにも重そうな甲冑があった。また、切り裂かれた跡の生々しい兜《かぶと》もあった。拷問《ごうもん》の道具類や断頭台《だんとうだい》も展示してある。世界でもっとも古いと言われている、礼拝堂もあった。

いくつもの塔のなかで、ブラッディ・タワー（血塔）という、いかにも恐そうな塔がある。

グロスター公・リチャード（後のリチャード三世）は、長兄のエドワード四世王が、重い病気で死去する前から、王位を乗っ取ろうとして、その腹黒い計画を劇のなかで独白《どくはく》する。

「(前略) 筋書きはもう出来た。その危険な序幕は酔っ払いのたわごとめいた予言、中傷、夢占い、そいつを使って二人の兄クラレンスと王の仲を裂き、お互いに死ぬほど憎み合うよう仕向けてある。人をわなにかけ狡猾で裏表のある俺とは逆に王エドワードが心正しい素直な男であれば、クラレンスは今日にも監獄にぶち込まれる。予言のせいだ。頭文字がGの名前を持つ者が王位継承者を殺すという――陰謀は胸の奥底に引っ込んでろ。(後略)」

(ちくま文庫の松岡和子訳『リチャード三世』より)

こうしてリチャードは、まず、病床の王をだまして、次兄のクラレンス公ジョージをロンドン塔に投獄《とうごく》させた。そのあと、リチャードはその兄を暗殺者に殺させる。

ほどなくして、エドワード四世が他界すると、さっそく、リチャードは皇太子エドワードに、王位継承の戴冠式《たいかんしき》をロンドン塔で挙行すると、いつわりを言って、まだ十三歳の、自分の甥《おい》の皇太子をロンドン塔内に幽閉《ゆうへい》した。そのとき、皇太子の弟のヨーク公リチャードも、皇太子エドワードといっしょにロンドン塔内に幽閉して、その二人の王子たちを暗殺者に殺させてしまう。

奇怪《きっかい》な体つきの、残忍なリチャードさえも、やり込めたほどの、利発《りはつ》だった若い王子たちのベッドは、どのへんにあったのかなと、わたしは、こわごわと、あたりを見まわした。

その後、テムズ河の埠頭《ふとう》にもどって、また観光船に乗って、標準時で知られるグリニッチへ向かった。

ロンドンで一週間近くを過ごした後、しばらくロンドンを離《はな》れることにした。ヴィクトリア駅前から、裏通りを少し歩いていくと、長距離バス発着所（コーチ・ステーション）があって、そこでオックスフォード行きの切符を買った。

バス発着所の窓口の前には長い列が出来ていた。やっと買えた切符は、おどろいたことに手書きのものだったのである。

一九四五年の終戦前後のころ、わたしの実家のある田舎町《いなかまち》の切符売り場で、長い列に並んだのを思い出した。その当時でさえ、やっとそこで買えた切符も、たしか手書きではなかったと思う。イギリス人は、合理性というものが体質的に苦手《にがて》なのだろうか……？

オックスフォード行きの切符を手にしたとき、いよいよ、おれのひとり立ちの旅がはじまる、と思った。宿はあらかじめ、ヴィクトリアのインフォメーション・センターで、オックスフォードに二泊の予約をとっておいた。

オックスフォードは、ロンドンの西北西約百キロのところに位置する。十三世紀頃からの伝統をかさねた、イギリスの誇る学園都市である。六つの女子大学をふくめて、三十一のカレッジからなっている。

オックスフォードに着いて、長距離バスから降りたとき、さわやかな空気を感じて、うれしかった。すぐ、駅前のインフォメーション・センターに寄った。宿泊予定のホテルへの道順をたずねて、観光案内用の地図ももらった。そして、駅前からホテルまで、はじめてイギリスの古典的な箱型タクシーに乗った。

瀟洒《しょうしゃ》なショー・ウィンドーの町並みを、時代ものがかった香りのするタクシーの窓から、興味深くながめた。やがて、きれいな住宅街をゆくと、まもなく下車した。ホテルは、三段ほどの石段を上ったところにあった。

じつは、ホテルと言っても、「ベッドと朝食」という意味の、少し高級な感じの、ビー・アンド・ビーで、通称が「ホテル」だった。小太《こぶと》りの年増《としま》の女主人は、やさしそうな目をしていた。案内してくれた部屋も上品な感じだった。

この地の環境が快適だった。そしてこの町で、わたしは無為《むい》のたのしみというものをあじわった。朝に夕に散歩する、ホテル前の清楚《せいそ》な並木道も、中世のお城のような建物も、古い荘厳なチャペルも、わたしの心をなごませてくれるような気がした。

まだ八月の初旬で、大学は夏休みだったから、どこのカレッジも閑散としていた。しかも、むし暑くなくて、カレッジの中庭の芝生はよく刈りこまれていて、そのみどりが涼しげだった。

教室のなかも、ステンド・グラスの美しいチャペルのなかも、その窓が、そして、ところによってはドアさえも開いていたので、はじめは恐《おそ》るおそる、のぞいて見ることができた。

ホテルから近くのモードリン・カレッジは、チャーチル川のほとりにあって、そこには植物園や小さな森もある。わたしはその川の遊歩道が好きになって、夕方になると、そこへ散歩に出かけた。

セント・メアリー教会は、その尖塔《せんとう》の美しさを誇っている。わたしはその教会の狭《せま》いらせん状の階段を最上階まで登ってみた。かなりの高さだった。苦しい息を吐きながら一歩、また一歩と、やがて登りつめると、オックスフォードのきれいな町並みが眼下にひらけた。

アカデミックな気品のかおりのする、オックスフォードの町が気にいって、わたしは同じホテルに、さらに三泊することにした。

その二日目に、第二次世界大戦の時のイギリスの首相・ウィンストン・チャーチル卿《きょう》の居城《きょじょう》・ブレニム・パレスが比較的近いところにある、とホテルの女主人から聞いて、ローカル線のバスに乗って、たずねることにした。

まさに英語のパレスという名にふさわしい宮殿だった。その宮殿前のイギリス風庭園にも、観光客が群がっていた。また、その広大な敷地には、森あり、丘あり、湖ありで、その湖には、小さな島もあるというし、川も流れていて、その川にはアーチ状の美しい石橋が架けられているという。おそらくその川が、ホテルの近くを流れるチャーチル川なのだろう。鹿も放牧《ほうぼく》されているそうだったが、羊の群れだけが湖の近くで草を食《は》んでいるのが見えた。

ウィンストン・チャーチル卿の子孫が、今もここに住んでいる。これがイギリス貴族というものなのだろうか……?　若い世代のチャーチル卿も、むかしながらに仕える執事《しつじ》に、この広い屋敷を管理させているのだろうか……?　多くの使用人も雇《やと》われているのだろうな……。

そのようなことを考えながら、高くそびえる大樹の並木道を歩いていくと、その足もとには、鹿か羊のものと思われる黒豆によく似たふんが、数多く点在していた。ふと、そのとき、イギリスの貴族も生活がきびしくなってきているのかな、と思った。ふんを踏《ふ》まないように気をつけながら、やがて、ヴェルサイユ風と言われている、すばらしいブレニム宮殿にたどりついた。

オックスフォード最後の日には朝食後に、わたしのお気に入りのチャーチル川に最後の別れを告げるような気持ちで、その遊歩道をたずねた。そして、ホテルに帰ると、つぎの日からの予定をたてた。

「イギリス鉄道・八日間の旅」という周遊券《しゅうゆうけん》を持っていたので、いよいよ、それを使うことにした。

まず、ロンドンから約三百キロ北方に位置するヨークへ行き、そこから、エミリー・ブロンテの小説、『嵐が丘』の舞台となり、ブロンテ姉妹の住んだ村・ハワースをたずねる。その後、スコットランドの首都・エジンバラを観光して、グラスゴー経由《けいゆ》で、シェイクスピアにゆかりの深い、ストラトフォード・アポン・エイボンを目ざそう、と思った。

そうと決まれば、さっそく、ヨークに宿泊の予約を取ろうと、インフォメーション・センターへ行った。ところが、ちょうど昼休みで店は閉まっていた。それで、近くのパブに入って、昼めしを食べながら時間をつぶすことにした。

インフォメーション・センターの昼休みは二時間もある。一パイントのビター（大ジョッキの、やや苦味《にがみ》のある生ビール）を、なるだけゆっくり飲むことにした。昼食には、プラウマン・ランチ（「農夫のランチ」の意味で、パンとチーズとピクルスの料理）を注文した。

やっと、午後の開店時刻の二時になったので、インフォメーション・センターにもどって、ヨークのホテルに二泊の予約をとった。

ところで、ヨークへ行くには、ロンドンのキングズ・クロス駅がその始発駅なので、いったん、ロンドンにもどらなければならない。そのために、次の日に用いる、ロンドン・ヴィクトリア・バス発着所までの長距離バス乗車券も、そこで買った。

イギリス鉄道周遊の旅の、出発の日が来た。その朝も、空気がさわやかだった。きれいな広いダイニング・ルームで早めの朝食を美味《おい》しくいただいた。その後、女主人がタクシーを呼んでくれた。

長距離バスに乗って、ロンドンのヴィクトリア・バス発着所で下車すると、キングズ・クロス駅まで、また、タクシーに乗った。

キングズ・クロス駅に着くと、すぐに切符売り場の窓口に並んだ。そして、周遊券で乗車する手続きをしようとしていると、東京の高校の教師だという、若い夫婦連れに会った。少しおしゃべりした。ひととき、日本人と話が出来て、ほっとした気持ちになって、別れた。

改札口は、まだ自動化されない時代だったが、そこには改札係の駅員はいなかった。自由にプラットホームに入ることができた。これには、おどろいた。さすがに紳士《しんし》の国だなと、ふと、思った。しかし、駅から出るときは、わたしの記憶はさだかでないが、たしかに改札口には駅員はいたはずだ。

ところで、それからの長い時間をエジンバラ行きの特急列車に乗って、ヨークに着いたときは、もう夕やみが迫っていた。

あくる日の朝食後に、さっそく、ヨークの観光に出かけた。

ヨークは、中世に栄えた要塞都市《ようさいとし》である。まわりを高い城壁に囲《かこ》まれていた。城壁の上を歩いている人がいたので、わたしも登ってみた。城壁の上が、かなり幅の広い遊歩道になっていた。

城壁のなかの道は、迷路《めいろ》のように曲がりくねってつづいていた。あたりを見まわしながら歩いていると、

「どこへ行きたいのですか。」と、話しかけてくれる人がいた。

「ヨーク・ミンスターへ行きたいのですが。」と、答えると、

「どうぞ、ついて来なさい。」と言って、彼はまず、肉屋の並ぶ路地の、十六、七世紀に建てられた木骨《もっこつ》家屋〈ザ・シャンブル〉へ案内してくれた。樫《かし》の木骨〈ティンバー・フレーム〉と漆喰《しっくい》の白壁で統一された家々が並んでいた。

「いちばん小さい教会です。」と、道ばたの古い教会を指さして教えてくれてから、「それ、向こうに大伽藍《だいがらん》が見えるでしょう。ヨーク・ミンスターはあれですよ。じゃあ、いい旅を！」と、彼は手を振りながら去っていった。

ヨーク・ミンスターの壮大さには度肝《どぎも》をぬかれた。一二二六年から一四七〇年まで、じつに、二百年以上もかけて完成させたという、イギリス最大の大聖堂である。

ゴシック様式の絢爛《けんらん》たる白亜の二基《にき》の塔から成っている。まるで華麗《かれい》な巨大白鳥のよう

だった。目映《まばゆ》いばかりの大きな白鳥が、白銀に光る両翼《りようよく》を羽ばたかせて、いまにも飛びたとうとしているかのように見えた。

しばしの間、大聖堂に見とれてから、近くのパブに寄った。ちょうど昼どきだったので、パブは混《こ》んでいた。

ビターを飲みながら、注文したステーキ・アンド・キドニーという料理を待っていると、相席《あいせき》していいですか、とたずねる紳士がいた。

「もちろん、いいですよ。」と、答えた。

「あなたは日本から来たのか?」と、聞かれた。

「はい、そうです。」

「ヨウコ・スナカワを知っているか?」

「いや、知りません。」

「彼女はピアニストで、いま、ニューヨークで活躍している。十二年前に彼女に教えたことがある。」

「…………。」

「近くで子供らが騒《さわ》いでいると我慢《がまん》ができなくなるので、耳せんをもっているのだ。」

「………。」

彼は綿《わた》を耳せんの大きさに丸めたものを二つ見せてくれた。

「作曲家ですか?」と、たずねてみた。

「そうだ。ストーカーという名だ。」と、言いながら、さっと、彼は立ちあがった。そして、飲み残しのビールを、ひと口で飲みほして、たち去った。そのうしろ姿を、わたしは呆然《ぼうぜん》とながめた。キツネにつままれたような気持ちだった。

ヨークに二泊後の早朝に、わたしは風と雨の音で目を覚ました。すぐ、カーテンをめくって外を見ると、霧のような雨が横なぐりに降っていた。

日本を発つとき、たとえ交通の便がよくなくても、ハワースはたずねよう、と心にきめていた。小説や映画に描かれた、淡いピンクと薄むらさきの可憐《かれん》な花、〈ヒース〉の乱れ咲く、『嵐が丘』の舞台となったハワースの荒野に、自分の足で立ってみたい。それは、わたしの長い間の、あこがれのようなものだった。

ところが、外では、霧雨が強風に舞っていた。お盆《ぼん》の十五日で真夏だというのに、とても寒い。さきの長いイギリス滞在を考えると、からだのことが心配になる。

――地図を見ただけでも、そこへたどり着くのは、容易でないようだ。ヨーク駅を起点として、ローカル線で内陸へゆき、リーズを経由して、キースリーを目ざす。そこから、さらに私鉄に乗りかえる……。

――辺鄙《へんぴ》なところなのだろうな……？　もう、おれもいい齢《とし》だし……。病気にでもなったらなあ……。不安におそわれると、いっそう、不安になってくる。あきらめざるをえないのか……。

考えあぐねた末に、ついに、やむなくエジンバラへ直行することにした。エジンバラはヨークから三百キロも北にある、スコットランド最大の都市である。

こうして仕方なしに、エジンバラにその夜の宿を予約しようと、インフォメーション・センターへ行った。ところがエジンバラは、この時期は特に、国際的に名高いフェスティバルで、ホテルも、ビー・アンド・ビーも予約客で満杯だった。

八月中旬から下旬にかけて、夜のエジンバラ城は、ライト・アップされるという。また、昼の大通りでは、スコッチ・ツイードの上着を着用し、タータン・チェックのキルト（ヒダ付きのスカート）に、膝《ひざ》の下までの靴下をはいた、スコッチ風の民族衣裳で着飾った軍楽隊が、バグパイプを奏《かな》でながら行進して、お祭りを盛りあげるという。そして、イギリス国内からばかりでなく、世界の国々からの観客に質の高い音楽やダンスが披露《ひろう》されるらしい。

エジンバラに宿がとれなかったので、さて今夜は、どこに泊まろうかと、いったんは、インフォメーション・センターから外に出た。やはり、ハワースへは行きたいのだがと、また、少し迷《まよ》いはじめたが、足はおのずと駅へ向かっていた。

ヨーク駅の駅舎で思案していると、エジンバラ行きの特急列車がホームに入ってきたので、それに乗ることにした。しかしヨークから、どんどん離《はな》れてゆく列車のなかでさえも、あきれたことに、まだ、ハワースに未練《みれん》を感じながら、今夜はどこに泊まろうか、と考えはじめていた。

一時間半ほど乗車したころに、ひとまず途中下車して、心を落ちつけて、よく考えてみることにした。そして、エジンバラとヨークのほぼ中間地点の、ニューカースルという駅で下車した。

ニューカースル駅の駅舎を出て、駅前の商店街を、重いスーツ・ケースを押《お》しながら、ぶらついた。霧雨はやんでいた。日本の大きな地方都市に似ている街だった。繁華街《はんかがい》のアーケードを歩いているうちに、ヨークへもう一度ひき返してまで、ハワースへ行きたい気持ちは、きれいに消えていた。それに気づいたとき、わたしはすぐに駅前にもどって、インフォメーション・センターをたずねた。

ありがたいことに、イギリスではどこの駅前にも、インフォメーション・センターがあって宿を紹介してくれる。さっそく、わたしはエジンバラの近くの宿を頼んだ。そして、ダンバーという町のホテルに二泊の予約を取った。

その後、あまり待たずに、エジンバラ行きの特急列車が着いたので、それに乗った。しかし、その特急列車は、それから一時間半も走ったころに、まるで、わたしのおどろきを振りきるかのような汽笛《きてき》を雨に打たれる小さい駅舎にあびせて、わたしの下車予定の、ダンバー駅を通過してしまった。

終着駅のエジンバラ駅で下車したとき、寒い風が広い駅構内を吹きぬけた。おもわず身震いした。外は霧雨だった。だが、せっかくエジンバラに着いたのだから、街を少し歩いてみようとスーツ・ケースを駅の手荷物預《あず》かり所にあずけた。

傘《かさ》をさして、ゆるい坂道を上っていった。途中に洋品店があったので、そこでマフラーと手袋を買った。真夏だというのに、とても寒かったのである。

買ったばかりのマフラーを首にまいて、手袋もして、帽子は深めにかぶって、霧雨の吹きつける道を、さらに上っていくと、広場があった。十人ほどの作業員が、仮設《かせつ》の舞台を造っていた。やがて膝《ひざ》から下のあたりが冷たく濡《ぬ》れてきたので、すぐ、ホテルへ行くことにした。

エジンバラ駅から、また電車に乗ると、ダンバー駅にはまもなく着いた。ホテルは駅から数分のところにあった。北海の荒磯《あらいそ》がはるか眼下に見おろせる、断崖《だんがい》の上に建つ、白亜の宿だった。

あくる朝早く、むせび泣くような、ときには悲鳴のようにも聞こえる、風と雨の音で目を覚ました。

「こりゃ、まさしく嵐が丘だ!」と、思った。

外は、はげしい吹きふりだった。その日は一日中、やむなく、ホテルの部屋で過ごすことにした。

翌朝も、霧のような雨が強い風に吹き飛ばされるように降っていた。しかし、その次の日には、また、あらたな地へ旅立つ予定だったから、「雨のエジンバラ観光」と、しゃれこんで、出かけることにした。

部屋を出るまえに念《ねん》のために、カーテンをめくって、ガラス窓ごしに外を見た。すると、おどろいたことに、道をゆく人は少なかったが、だれも傘をさしていなかった。ひどい吹きふりの霧雨だったが、それでもわたしは外出しようと、ホテルの玄関前に立ったとき、ああ、これでは傘をさしても、すぐに強風に飛ばされてしまうな、と思った。だが、か弱い初老のわたしは、傘の骨に渾身《こんしん》の力でしがみつくようにして、歩きだした。

ダンバー駅は無人駅である。がらんどうの駅舎が寒々と雨に濡れていた。時刻表を見ると、つぎのエジンバラ行きの電車が来るまでには、まだ、かなりの時間があった。そのとき、向こうの上りホームには、普通列車が雨のなかに、いかにも退屈そうに、じっと停まっていた。

すべての列車に、なん度でも乗れる周遊券を持っているわたしは、気ままなひとり旅である。寒い雨の吹きこむ駅舎で震えているよりは、時間つぶしに前々日に歩いた、ニューカースルまで行ってみることにした。

普通列車に乗って、かなりの時間をかけて、やっと、ニューカースル駅で下車したとき、ちょうどエジンバラ行きの特急列車が同じホームの反対車線に入ってきた。わたしはおり返し、それに乗った。

一時間半あまりを、また下りの特急列車のなかで過ごして、エジンバラ駅に着いたときには、さいわい、雨は上がっていた。エジンバラ城をたずねたころには、陽もさしてきた。

城の屋上が、砦《とりで》になっていた。砦のいくつもの砲眼《ほうがん》からは、むかしの大砲の太《ふと》い砲身が外に向けられていた。

城砦《じょうさい》に寄りかかって、からだを乗りだすようにして、眼下にひらける、みどりの景観《けいかん》をながめた。そよ風が頬に心地よかった。その時だった。一陣《いちじん》の風が、さっと、わたしの帽子を吹き飛ばした。

「ああ、あー。」

とっさに、手を頭にやったが、遅すぎた。帽子は薫風《くんぷう》に乗って、中空を舞いながら下の方へ、下の方へと飛んでいった。

エジンバラ城を見学したあと、城から外に出て、二階建ての観光バスに乗った。バスの階下が満席だったので、二階へ上がった。二階は空《す》いていた。屋根がなくて、まだ八月の真夏なのに、五月晴《さつきば》れのような日ざしが、とても気持ちよかった。

久しぶりの日光浴が、うれしかった。のどかな気分にひたりながら、走りゆくバスの二階から、眼下に現れてくる、多彩《たさい》なショー・ウィンドーや観光客らしい人びとを見おろしていた。

ふと、そのとき、タータン・チェックの専門店らしい、華やかな店さきが目にとまった。

「あ！　あれを娘の亜紀の土産《みやげ》にしよう！」

と、思ったとき、ちょうど、バス停にさしかかって、バスは停車した。わたしは急いで降りた。

バスが走りさった直後だった。観光バスの二階に、ショルダー・バッグを置きわすれてきた、と気づいたのだ。左手に傘を持っていて、右肩にはカメラが掛《かか》っていたので、ショルダー・バッグもカメラといっしょに右肩に掛っているものと思い込んでいたらしい。

わたしは動転《どうてん》した。じだんだ踏《ふ》んで、ひっしに流しのタクシーの来るのを待った。やっと、つかまえたタクシーの運転手に事情を話したとたんに、すぐ断《ことわ》られてしまった。つぎに停まってくれたタクシーには、もう、無我夢中で用件を、まあ、わたしの和製英語で、まくしたてた。なんとか助けてください、料金はいくらかかってもいいです、とも言ったような気がする。

　このタクシー運転手は、とても親切なひとだった。観光バスのたち去った方向へ急発進して、大通りの追い越し車線を猛スピードで走ってくれた。

だが、最初に追いついた観光バスには、わたしのショルダー・バッグはなかった。タクシーは、すぐ、また急発進してくれたが、つぎに追いついた観光バスにも、わたしのショルダー・バッグはなかった。

　やがて、タクシー運転手は、観光バスの営業所へ行って、そこの責任者に事情を話してくれた。責任者は他の二、三の営業所に電話をしてくれたが、それらしいバスは見あたらなかった。

「観光バスがすべて車庫《しゃこ》に入るのが、夕方の六時から八時の間だから、その時間帯のあとに電話をしてください。」と、言われた。それで、しかたなしに、電車に乗ってダンバーのホテルにもどった。

　ホテルに帰って、ホテルの女主人に、そのことを話した。すると、四時間ほど過ぎたころに、ホテルの主人は、わざわざ、わたしのショルダー・バッグのことで観光バス会社に電話をかけてくれたが、わたしのショルダー・バッグは見つからなかった。

ショルダー・バッグには、だいじなパスポートも、トラベラーズ・チェックも、クレジット・カードのはいった財布《さいふ》も入れていなかったので、まだよかった。

バッグのなかには、ガイド・ブックと住所録のほかに、手帳や、チョッキや、買ったばかりのマフラーと手袋、そして、フィルムなどが入っていた。貴重な住所録を失くしたことが、とくに悔《く》やまれた。

それにしても、ショルダー・バッグを失くしたおかげで、その夜から、スコットランドの人たちの、あつい情《なさ》けを受けることになった。ホテルの主人と女主人は親身《しんみ》になってわたしを気づかってくれた。その夜、ホテルのバーに集まってきた人たちからも、心から同情された。それが、とてもうれしかった。それでわたしは、このホテルに、もう一泊することにした。

ダンバー三日目の朝も、すぐ天気が気になった。部屋のカーテンをめくって、窓ガラス越しに外を見ると、霧雨が風に流されるように降っていた。

昼ごろには、雨はあがった。夕方近くになってから、レーン・コートを買おうと、ホテルを出た。通りには人影がまばらだった。店もあまりなかったが、老舗《しにせ》らしい洋品店があった。

初老の紳士《しんし》という感じの店主が店の前で、わたしを出迎えてくれた。彼は上品なジャケットを着ていた。

「スコットランドにようこそ！」と言って、彼は両方の手のひらを上に向けて、歓迎のジェスチャーをしてくれた。

「レーン・コートはありますか。」と、わたしはたずねた。

「もちろん、ありますよ。日本から来たのですか。」

「はい、そうです。」

「日本のプリンスも、うちへ来たことがあるのですよ。」と、店主が言ったとき、「へええ？」と、わたしはおどろいた。今でも信じられないし、わたしの聞きちがいだったのだろう。

わたしはレーン・コートのほかに、エジンバラで失くした帽子の代わりに、スコッチ・ウールのハンチングを買った。さらに、店主が着ているような、厚手《あつで》のジャケットも買った。すると店主は、

「これが、ほんもののスコッチ・ツイードです！」と、誇らしげに言った。

その夜も、ホテルのバーで、ホテルの主人のバレンと女主人のジョーン、わたしの両わ

きに坐《すわ》ったジョージとベッシィ、そして、ベッシィの夫で元警察官のアインらと、たのしく時を過ごした。

ジョージは、ベッシィの話によると、この近くの漁港の網元《あみもと》である。彼はわたしの手を握《にぎ》っては、わたしの手の甲《こう》に、なん度もキスをした。それでわたしも彼の真似《まね》をして、彼の手の甲にキスを返した。すると、みんなが、どっと笑った。彼はわたしに、中国語を話せるかと聞いた。わたしをチャイニーズ・レストランへ連れて行きたい、と言いはった。

しかし、前日のハプニングで、わたしは目も頭のなかも、とても疲れていた。のぼせ気味だった。トイレに立ったとき、鼻をかんだら鼻血が出た。もう限界だと思って、失礼して席を立った。


ダンバーを発つ朝、宿のあるじ夫妻が玄関先に出て見送ってくれた。

電車はエジンバラ経由《けいゆ》で、グラスゴーへ向かった。グラスゴー・クイーンズ・ストリート駅で下車すると、駅前からステーション・バスが出ていた。そのバスでグラスゴー中央駅へ行った。

いよいよ、そこからロンドン方面行きの上り列車・インターシティー号に乗った。車両の側面に大きなツバメの図柄《ずがら》が描かれた、イギリスの誇る高速の特急列車だ、と聞いたことがある。

乗車して、しばらくすると、ワーズワースやコールリッジの愛した、湖水地方に寄りたくなってきた。それで、オクスンホルム駅で途中下車して、湖水地方行きの気動車《きどうしゃ》に乗りかえた。行楽客らしい人たちも、どやどやと乗ってきて、気動車はあまり待たずに発車した。

数十分も経ったころに、大きな湖が見えてきた。ウィンダミア湖だった。わたしはその最寄《もよ》りの駅で下車した。すぐに駅前のインフォメーション・センターに寄って、湖の近くのホテルを紹介してもらった。

部屋に落ちつくと、シャワーを浴びて、部屋のコーヒーをいれて、少し休んでから外出した。湖畔《こはん》を散歩した。午後の日ざしが、心地よかった。スコットランドとちがって、だいぶ暖かい。なにしろ、まだ八月の十八日で真夏である。だが、暑すぎはしない。

湖水地方には大小さまざまな湖がある。丘あり湖沼《こしょう》ありで、釣りやハイキングにおとずれる人たちの、いい行楽地になっている。なかでも、このウィンダミア湖は湖水地方最大の湖である。

湖畔めぐりの小型の観光バスに乗った。乗客はわたしの他に、一組の男女だけだった。その若いカップルは、バスの後部座席でより添《そ》っていた。わたしはいちばん前の席から、左手にひらける湖の風景をながめた。目のまえにはガイドさんが、バスのステップのところに立っていた。

「日本にもこの湖とよく似たところがありますよ。」と、彼女に言ったとき、わたしは遠いむかしの芦ノ湖《あしのこ》の情景を目に浮かべた。あれから、もう、四十年にもなる、と思った。

——あれは、十一月のはじめのころの休日に、一泊の職員旅行で箱根へ行ったときのことだった。夕映えの芦ノ湖をわたる観光船の欄干《らんかん》にもたれて、わたしは苦悩《くのう》していた……。

じつは、その三ヶ月ほどまえに、田舎の父からの電報で、母が病気で倒《たお》れたので、すぐ見舞いに来るようにと、実家に呼びつけられた。（そのころは、ほとんどの一般家庭には、まだ、電話はなかった。）

急きょ、休暇をとって帰省《きせい》すると、田舎の実家でわたしを待っていたのは、東京の女とは絶対にいっしょにならないで、と涙ながらに哀願《あいがん》する、いつもは元気な病床の母だった。

その二週間ほど前に、同居していた友人の兄が上京してきて、わたしたちのところに泊まっていった。おそらくその時、わたしと彼女のことが、同室の友人からその兄へ、そして、その兄からわたしの両親へ、おおげさに伝えられたのだろう。

だが、その頃は、彼女と親しくしてはいたが、特別な関係になっていたわけではなかったから、それを両親に告げて、いちおう安心させて帰京した。しかしその後は、彼女にたいするわたしの態度が、しぜんと冷《つめ》たくなっていった。そして、ふたりのあいだは、急速に険悪《けんあく》になってしまった。

やがて、紅葉の季節となり、職員旅行で箱根へ行くことになったのだが、ことは、箱根の湯本に泊まった、その二日目の午後におこった。

当時はまだ、早雲山《そううんざん》から芦ノ湖までのロープ・ウェーは運行されていなかったから、早雲山でケーブル・カーを降りると、そこから歩くことになった。賽《さい》の河原をおもわせる谷底から立ちのぼる、黄みをおびた白い噴煙を見おろしながら、硫黄《いおう》の臭いのする、歩きにくい尾根をかなり登った。

大涌谷《おおわくだに》へたどり着いてから、昼めしになった。硫黄のけむりの吹き出ている、深い谷を見おろしながらの昼食だった。そして昼食が終わると、すぐに湖尻《こじり》を目ざして出発した。

その日のうちに東京へ帰る予定だったから、帰途を急がなければならなかった。そこからは下り坂で、いい道路だった。だが、わたしたちの前にも後ろにも人影はなかったし、車も通っていなかった。その当時は、ようやく戦後の荒廃期《こうはいき》から脱《だつ》してきてはいたが、まだ乗用車のある家はほとんどなかったし、観光に出かける人も少なかった。

カーブの多い道だったから、道の前方がすぐ雑木林《ぞうきばやし》のかげに隠れてしまい、そのせいか、晩秋の山あいの路面にゆれる木々の影が、うらさびしかった。つづら折りの下りの道は、どこまでも単調につづいていた。

「近道を行ってみましょう。」と、だしぬけに、先頭を歩いていた幹事のKさんが、後ろをふり向きながら、林のなかの山みちに分けいった。

それで、わたしたちも急いで、彼のあとを追った。ところが、山みちをいくら歩きつづけても、林から道路に出られなくなってしまったのである。

「こりゃ、道に迷ったぞ!」

大きくひびく声で、課長が言った。

「そうですね。どうします? ひき返しますか?」と、係長は変にうわずった声で答えた。

「ごめんなさい。もう、もどれません。でも、湖尻は近いはずですから……。」と言って、がぜん、Kさんは歩き方をはやめた。すると彼女が、すぐ彼のあとを追った。わたしたちも、あわてて、彼らにつづいた。

しかし、いくら歩きつづけても、雑木林は深まるばかりだった。恐い樹海にまぎれ込んでしまうのではないか……？　ふと、不安がわたしの心をよぎった。

みな疲れていた。華麗《かれい》に花やいだ紅葉も、たちまち色あせて、靴底で鳴る枯れ葉の音も、さびしかった。だれも他のひとから遅れまいと、ただそれだけを考えて歩いていたような気がする。

だが、Kさんと彼女は、ときどき立ちどまって、太陽の方角を指さしあい、Kさんがとり出した磁石と地図を、ふたりは額《ひたい》を触れ合うほどに近づけて覗《のぞ》きこみ、あたりを見まわし、それとおぼしい方角を確かめあって、また、ことばを交わしながら軽やかな足どりで歩きだした。

重い足を引きずって、ふたりのうしろ姿を見つめて歩きつづけるわたしの目は、もう嫉《しっ》妬《と》にもえ狂う炎で、ギラギラしていたにちがいない。

やっと、林からぬけ出たとき、わたしたちは、首をそらして見あげるほどに高い、段々畑の丘のふもとに立っていた。丘の上は、すでに、淡い彩り《いろど》の夕空だった。

「やっと、出られた！　ああ、よかった！　少し休もう！」と、課長はその場に身を投げだすように坐りこんだ。

「賛成！　休もう！」と、みんなが叫んだ。

「じゃあ、休んでいてください。ちょっと見てきますから。」と、Kさんが走りだした。

すると彼女も、彼とほとんど同時に、飛びだした。彼女はひじを曲《ま》げて、腕《うで》をひっしに前後にふって、いかにも可愛《かわい》い走りかたで、彼のあとを追った。

明るい夕空を背景に、若い男女がより添《そ》って、丘の頂《いただき》にくっきりと現れたとき、その美しい彫像《ちょうぞう》のような二人の姿からは、まばゆいばかりの金色の光がさしているようだった。

「芦ノ湖が見えますすよ！」

「すぐ下に見えるわよ！」

ふたりは、わたしたちに手を振りながら、うっとりと二重唱を歌うかのように叫んだ。

それからふたりは、わたしたちに背を向けて、芦ノ湖の方を指さしていた。

湖尻に着いたとき、夕空は赤く染まった薄いすじ状の巻雲《けんうん》で華やいでいた。元箱根行きの遊覧船は、まもなく湖尻を出航した。わたしはみなから離《はな》れて、遊覧船のうしろの方の欄干にもたれていた。わたしの精神状態は、もう正常ではなかった。

白く泡立つ航跡のなかに見えかくれする、丘の上に立ったひとの面影をさがし求めて、わたしは苦しんだ。その苦しみをいや増しに、あおるようなエンジンの音が、呪文《じゅもん》のように聞えていた。そのひびきが、ますます、はげしさをました。

元箱根からバスで小田原へ出たのだが、そのバスのなかでも、東京行きの電車のなかでも、遊覧船の薄気味悪いエンジンの音が、わたしの耳の奥で鳴っていた。わたしの苦悩は、つのるばかりだった。

緑色の目をした、「嫉妬」という化けものは、餌食《えじき》にする肉をもてあそぶ、（松岡和子訳『オセロー』より）という。そして、嫉妬の餌食にされた人の心には、消えることのない、甘酸《あまず》っぱい傷あとが残っている。

その後遺症に苦しんだわたしは、けっきょく、彼女にプロポーズして、彼女と結婚《けっこん》することになった。そして、男の子と女の子にも恵まれて、平穏な、いい日々を送っていた。だが、人も生きている限りは、いつかは死ななければならない。生に死は、つきものなのだ。それは分かっている。しかし、そうは言っても、それにしても彼女は、五十代半ばで、とつぜん、病魔におそわれて、わずか四ヶ月余りの闘病もむなしく、あっという間に、この世を去った。

　今にして思うのだが、わたしが彼女と歩んだ人生は、そして、この老いの、ひとり旅も、そもそもは、芦ノ湖を渡ったときに苦しんだ、あの箱根旅行に由来《ゆらい》しているような気がしてくるのである。


　ウィンダミア二日目の朝は霧雨だった。詩人・ワーズワースが九年間住んだ、「ハトの小さい家」のあるグラスミアと、その奥地の、ワーズワースの生家《せいか》のある、コカマスまで行くには、この地に少なくとも、あと一泊しなければならない。ところが周遊券の通用期間が、残り一日だけになってしまった。それで仕方なしに、シェイクスピアゆかりの地の、ストラトフォード・アポン・エイボンへ向かうことにした。

　まえの日は、いい日和だったのに、もう、寒々とした霧雨が降っていた。その雨のなかを、また、わたしは気動車に乗って、ウィンダミア湖をあとにした。

　やがて、オクスンホルム駅に着くと、ロンドン方面行きの特急列車・インターシティー号に連絡していて、それに乗ると、列車はすぐに発車した。

　オクスンホルム駅を後にして、二、三十分経ったころに車掌《しゃしょう》がわたしのわきを通りかかった。それで車掌に、ストラトフォード・アポン・エイボンへ行くのに、その乗りかえ駅と、その到着と発車の時刻をたずねた。すると、車掌はいったん、たち去ったが、やがて分厚《ぶあつ》い時刻表をもってきて、わたしのまえの席にすわって調《しら》べてくれた。

乗りかえ駅はクルー駅と、スタフォード駅と、バーミンガム駅で、それぞれの到着と発車の時刻を、そしてストラトフォード・アポン・エイボン駅には、十九時十八分に着くことをメモ用紙に書いてくれた。

それにしても、大きなスーツ・ケースをもっていたから、列車の乗りかえがたいへんだった。外では雨が降りつづいていて、ホームが濡《ぬ》れていたから、滑って転ばないように気をつけながらホームを歩いた。

駅にはまだエレベーターのない時代だった。跨線橋《こせんきょう》へ上る階段で、スーツ・ケースを持ち上げるのが容易でなかった。なん度も休みながら階段を上りきると、跨線橋を渡って、また階段をこわごわと降りて、電車の乗りかえをした。この言わば力仕事を、クルー駅とスタフォード駅の二つの駅でやったことになる。

バーミンガム駅で下車したとき、雨がいっそうはげしく降っていた。きゅうに、ひどい疲れを覚えた。時刻は、すでに六時を過ぎていた。しかも、まだ、その夜泊まる宿も取っていなかった。

もう時間が遅いし、バーミンガムに泊まるしかあるまい、と思った。そして、駅前のインフォメーション・センターをたずねた。ところが、インフォメーション・センターには、すでに、「閉店」の札《ふだ》が下がっていた。

——ああ、トイレには行きたいし……。疲れたしなあ……。

トイレを探して、やっと用をすませた。そのトイレの出口にも、チップ入れのトレーがあったので、十ピー（ペンス）のチップをいれて出てくると、わたしはタクシー乗り場へ行った。タクシー運転手に適当な宿を探してもらおうと思った。

「もちろん、いいですよ。」と、中年《ちゅうねん》の運転手は、車から降りてきて、重いスーツ・ケースをタクシーのトランクに入れてくれた。

案内してくれた宿は、運転手が玄関のベルをおしても、ドアは閉《し》まったままだった。それで運転手は、隣の家へ行って聞いてくれた。週末で休みにしたらしいとのことだった。

「大丈夫、ホテルはありますから。」と、運転手は一方通行の道を、また、ひと回《まわ》りして、そこから近くの宿を紹介してくれた。そして、スーツ・ケースもホテルのロビーまで運んでくれた。運転手の好意がうれしかった。わたしはお礼の気持ちをこめて、チップを少しはずんだ。

あくる朝は、薄日《うすび》がさしていた。バーミンガム駅までバスで行くことにした。ホテル前のバス停にいた紳士にたずねると、どのバスもバーミンガム駅へ行くと教えてくれた。料金は四十五ピーだった。

淡い朝日のさし込むバスのなかで、となりに坐った初老の婦人と、駅に着くまで少し話をした。終点の駅前でバスを降りてからも、彼女はいっしょに歩いてくれて、駅のプラットホームが見えるところまで送ってくれた。駅の構内《こうない》は、とても広くて、いりくんでいた。

ストラトフォード・アポン・エイボン行きの電車に乗って、バーミンガム駅を発車したときから、わたしの心は、いよいよ、重い決断を迫られていた。

——これからの長い月日をイギリスで、どのように過ごそうか……？　いまさら口にするのは、はずかしいことだが、わたしは早々と妻を亡くして、絶望という異次元《いじげん》の暗い世界に投げだされていた。そこで生きつづけることは、もう限界のような状態になっていた。それで、やっと定年になったので、そこから脱出しようと、奥田君からの誘いもあって、わたしはイギリスへ旅立ってきた……。

――ところで、シェイクスピアは大学で、いまは亡き、大山敏子先生の講義の魅力に触れたおかげで、わたしはその後も、シェイクスピアにこだわってきた。それが晩年近くになって、くらい日々に堕《お》ちてしまったわたしを、多少なりとも、ささえてくれているような気がする。いま、こうして、シェイクスピアのふるさとをたずねられるのだから、しばらく、そこに滞在したい……。

――そのために、普通の家庭にホーム・ステイ出来ればいいのだが……。なんらかの団体に所属したいが……。英語教師だったわたしには、外国人向けの英語学校に入るしかないのかなあ……。

電車のなかで、自問自答していたが、やがて、電車を降りるころには、わたしの気持ちは固《かた》まっていた。そして、駅前のインフォメーション・センターに寄ると、さっそく、その夜泊まる宿のほかに、適当な英語学校を紹介してくれるように頼んだ。

すると、そこの女子店員は、ストラトフォードと、その近隣の英語学校名の載《の》ったチラシをくれただけだった。宿は二十五ポンドのビー・アンド・ビーを紹介してくれた。

インフォメーション・センターを出ると、スーツ・ケースを押して、もの珍《めずら》しげにあたりを見まわしながら、のどかな田舎道のような歩道を歩いてゆくと、婦人警察官に出会った。

「この近くに、よい英語学校がありますか？」と、たずねると、彼女はスワンスクールを薦《すす》めてくれた。

そのあと、駅前にもどって、タクシーに乗った。宿までの走行中に、タクシー運転手にも聞いてみた。婦人警察官と同じ返事が返ってきた。

「じゃあ、スワンスクールにしよう。そこの学生になって、ストラトフォード・アポン・エイボンに、しばらく滞在《たいざい》しよう……。」

わたしはそのとき腹を決めた。

エイボン川のほとり

シェイクスピアが生まれ育ち、そして晩年も過ごした、〈ストラトフォード・アポン・エイボン〉という、この長い名前の土地は、「エイボン川のほとりのストラトフォード」という意味の、上品な観光の町である。

エイボン川は、町の東側をゆったりと流れる。川の西側一帯が公園で、そのほとんど自然のままの芝生には、高い木がまばらに立っている。赤煉瓦《あかれんが》のロイヤル・シェイクスピア劇場は、石段を少し上ったところにあって、エイボン川や公園一帯の全景を借景《しやつけい》として、威容《いよう》を誇っている。

エイボン川の対岸は、水面すれすれに垂れしだれる柳のみどりの並木になっている。その上空には、シェイクスピアの永眠する、聖トリニティ教会の尖塔《せんとう》が屹立《きつりつ》している。おだやかな日和には、その柳のみどりや教会の尖塔が、エイボン川にうつっている。

昼過ぎに、インフォメーション・センターでもらった地図をたよりに、スワンスクールをたずねた。イアリングやブレスレットのきらめく、赤のスーツ姿の副校長・アン・ホームズ先生に会った。

「六十歳をこえた学生を受けいれたことがありませんし、学期途中でもありますのでね……?」と、先生は難色《なんしょく》を示したが、けっきょく、わたしの入校を認めてくれた。受講《じゅこう》は、次の日からにしてもらった。また、先生方や同級の学生たちへの紹介も明朝にしてもらうことにした。そして、日課表とテキスト類をいただいて、その日は、そのあと公園の近くのホテルにもどった。

あくる日、その放課後には、アン・ホームズ先生はホーム・ステイする家へ車で送ってくれた。裏庭の広い、二階建ての家だった。

その家の女主人の、ヴァル・ホートンさんは、アン・ホームズ先生から電話があって、わたしを出迎えるために、勤め先から自宅にもどっていてくれた。ホームズ先生の話によると、ホートンさんは町の教育委員会の事務局に勤めている。

ホームズ先生が帰ったあと、わたしはホートンさんに二階の部屋へ案内された。それから階下のリビング・ルームで、ミルク・ティーをご馳走《ちそう》になった。

「主人は中学の校長をしているのですが、今は離婚《りこん》して、二人の子をわたし一人で育てているのです。それで夜のお食事のお世話はできませんが、キッチンや洗濯機はご自由にお使いください。中学生の二人の子供たちは週末には父親に会えるのです。」ヴァル・ホートンさんは、はじめて会ったわたしに、そのようなことを話した。

その翌朝、キッチンへ降りていった時は、家のなかは静かだった。子供たちは登校し、ヴァル・ホートンさんも出勤した後だった。

テーブルの上には、わたしのためにお茶の用意と、トースターと食パン、それにバターとマーマレードなど、そして、ベーコン・エッグにアスパラガスの料理があった。ポットの湯とミルクでミルク・ティーをいれて、朝食を美味《おい》しくいただいた。

九時十五分に宿を出た。始業時間は九時三十分。一校時目の七十分授業のあとに二十分のコーヒー・ブレークがある。と、言っても、学生たちにとっては、まあ、ただの休み時間である。二校時と三校時は、五分の休み時間をはさんで、それぞれ五十五分の授業。昼休みは七十五分もある。午後は五十五分の授業が十分の休み時間をなかに取って二つある。一日の授業は四時十分に終わる。週末の金曜日は、十二時五十五分までの授業である。

その日の昼食には、イタリー人のフランコたちが誘《さそ》ってくれた。数人の連《つ》れといっしょに、近くの中華料理店へ案内された。そこでそれぞれが、持ち帰り用の料理を買って、エイボン川のほとりの公園へ行った。そして芝生のうえで、みんなで車座《くるまざ》になって昼食をたのしんだ。イタリー人たちは、とても明るい。

つぎの日の昼休みには、関西方面から来ていた三人の日本人教師と、近くのレストランで食事をした。文部省から派遣《はけん》された英語教師で、スワンスクールへ英語の研修に来たばかりだった。九月末までここで学び、それが終わると短期間、大学の聴講生《ちょうこうせい》になるのだと言っていた。

つぎの日は週末で、はじめての金曜日をむかえた。その午後には、授業から解放されると、わたしはまるで若い学生になった気分で、いそいそと、公園へ向かった。

遠くからでも、すぐ、赤煉瓦のロイヤル・シェイクスピア劇場が目にはいってきた。その壮麗《そうれい》な劇場に引きつけられるように劇場の前に近づいた。そして、劇場の全容をながめた。それから、公園を通りぬけて、エイボン川のほとりへ行った。

エイボン川の風景に、たちまち、こころをうばわれた。なんとも、いいながめなのである。川幅は二十数メートルぐらいか。岸べにしゃがんで手をのばせば、冷たい川の水と戯れることもできる。

そのゆるやかな流れには、人工の繁殖用《はんしょくよう》らしい中洲《なかす》があって、あたりには白鳥や鴨《かも》たちがむらがっていた。その多くは、つがいらしい二羽が一組となって、前と後ろにならんだり、横にならんで気持ちよさそうに泳いでいた。中州にとり残された一羽の白鳥が、いかにも退屈そうに、欠伸《あくび》でもしているかのように、大きく羽ばたいた。また、アヒル数羽の群れが、わたしの足もとに近づいてきて、にぎやかに川べの草を食《は》んでいた。

しばらく川の風景をながめてから、わたしは川べりの小みちを歩きだした。すると、その小みちに沿ったところに、軽食の店があった。まだ昼めしをすませていなかったので、ちょっと気になったが、そのまま前を通りすぎて、ロイヤル・シエイクスピア劇場を右手に見上げるようにして、劇場の裏手の方にまわってみた。さらに歩いていくと原野のようなひろがりになっていた。

そのさびれた風景を見渡してから、ひき返して、さきほどの軽食の店に寄った。店は空《す》いていた。窓ぎわの席にすわって、コーヒーとサンドイッチの食事をしながら、開けはなされた窓から、エイボン川の風景をながめた。

スワンスクールの老学生になって、初めての土曜日になった。すると、久しぶりに奥田君に会いたくなった。彼の若い声を期待しながら電話をかけたが、なぜか応答《おうとう》はなかった。

「どうしよう?」

ひととき、迷《まよ》った。だが、奥田君が家族を連れて、どこかへ旅行などに出かけたにしても、久しぶりにロンドンへ行きたくなってきた。それで、長距離バスの切符を買いに行った。

もし、ロンドンに着いてからも、奥田君に連絡が取れなければ、今夜の宿は、ヴィクトリア駅前のインフォメーション・センターで紹介してもらおう、と思った。また、ヴィクトリア駅の裏通りには、「VACANCY」(「空室あり」)の、小さい看板《かんばん》をだしている、ビー・アンド・ビーが、なん軒もあるのも思い出していた。

ところで、ロンドン行きの長距離バスは、その三時間あまりを、トイレ休憩なしで走るのである。だが、もう齢《とし》のせいか、わたしはトイレに立つ頻度《ひんど》が多くなってきていた。さらに、あいにく発車時刻が、ちょうど昼どきになってしまったのに、なにも飲まず食わずで、我慢《がまん》することにした。

バスに長時間乗車して、ロンドンに近づくにつれて、気にすれば、ますます、トイレへ行きたくなるのを我慢して、やっと終点の、ヴィクトリア長距離バス発着所で下車したとき、真っ先にトイレへ行った。

バス発着所を後にして歩きだすと、きゅうに、のどの渇《かわ》きと空腹を覚えた。それで、カフェのような軽食の店をさがしながら、わたしは地下鉄・ヴィクトリア駅に向った。交差点にさしかかって、そこを渡っているとき、ふと、左前方に、大きな看板を出している、パブに気づいた。

近づいてみると、その看板には、むかし風のイギリス貴族の召使を思わせる、二人の大男が太い棒で酒樽《さかだる》をかついでいる絵が画かれていた。「二人のビール醸造人《じょうぞうにん》」という英文字も絵の下の方に記されていた。しかし、このパブの看板にも、なぜか、「PUB」という文字はなかった。

パブの入口は開いていた。タキシード姿の若い二人のバーテンが二人の客と話をしていた。わたしはパブに吸《す》いこまれるように店のなかに入っていって、一パイントのビターを注文した。

カウンターの一角が、やや高めになっていた。そこに、「ビター」、「エール」、「ラーガー・ビアー」などの生ビール用の手押しポンプ機が並んでいた。生粋《きっすい》のイギリス人らしい長身のバーテンのひとりが、一パイント用の広口グラス（一パイントは五六八ミリリットル）に、ほろにがい生ビールのビターを、なみなみ注いで、現金ひきかえで出してくれた。パブでは、チップを与えない代わりに、現金ひきかえになっている。

ここには椅子《いす》がない。客は立ったまま、おしゃべりしながら、じつに、ゆっくりと、ビールをたのしむ。しかも、ここでは、なにも食べない。ちなみに、食べものを注文するカウンターは奥まったところにある。

これは、階級制度の名残りなのだろう。正面カウンター付近が、一般大衆用の、「パブ（パブリック・ハウス）」で、少し奥まったところが、より上級の人たちのための、「サルーン」と呼ばれていたところなのだろう。そこには暖炉《だんろ》もあるし、テーブルも椅子もある。

わたしはサルーンで、ジャック・ポテトを注文した。ソフト・ボールぐらいの大きいジャガイモで、四つ切りのような切れ目をいれて、その切れ目にシーチキンなどの具《ぐ》をはさんで、オーブンで焼いたものである。

パブの生ビールとジャック・ポテトでひと息いれて、奥田君に電話をかけたら、今度はつながった。

「先生！　どこへ行っていたのですか！　心配しましたよ！　先生の行く先々と思われる、インフォメーション・センターに電話をかけたりして調《しら》べたのです。まえにお電話をいただいたとき、風邪声《かざごえ》だったじゃないですか。どこか見知らぬところで寝こんでいたりしていないかと、とても心配していたのです。すぐ車で迎えに行きますから、そこで待っていてください。」

だいぶ心配をかけて、わるかった。はじめての赤ちゃんが生まれたばかりの奥田君夫妻に、あまり迷惑《めいわく》はかけたくなかった。また、毎日のように宿を変えていたのだから、いくら宿を変えるたびに連絡くださいと言われても、そうはいかなかったのである。

心のこもった接待《せったい》をうけた。初孫誕生祝いに来ていた、奥田夫人のご両親の柏木さん夫妻は日本に帰った後で、客用の寝室が空《あ》いたので、ぜひ泊まっていくようにと言われて、泊まることにした。

つぎの日には、昼食もご馳走《ちそう》になってから、奥田君に車でヴィクトリア長距離バス発着所まで送ってもらった。

帰りの、ストラトフォード行きのバスが発車したとき、空は曇っていた。一時間ほど経ったころに、雨がはげしく降りだした。そして、その一時間あとには、もう、雨はやんだ。いかにも、イギリスらしい天気だった。

濡《ぬ》れて光る、広大なみどりの野に、ときおり現れてくる羊の群れや、小さい森や田舎家が、高速バスの窓ごしに見えてきては、後方へ消えていった。

やがて、陽《ひ》がさしてきた。見上げると、雲の裂《さ》け目が、あかね色に染《そ》まっていた。ところによっては、そこが黄金色に光った。

目をおとすと、広がりゆく、みどりの野も、向こうに現れてくる羊の群れも、みどりの小さい森や田舎家も、陽《ひ》のあたっているところは、すべて、ピンク色に透《す》きとおった水の世界のように見えてきた。

きゅうに、乗客が騒ぎだした。興奮した若い女の指さす方に目をやると、フロント・ガラスの右はしの向こうに、虹《にじ》が出ていた。その上の方にも、淡い虹がかかっていた。

つぎの日が八月の末日で、快晴の朝をむかえた。とつぜん、秋の冷気を感じた。寒いくらいだった。イギリスへ来て、ちょうど、一ヶ月が過ぎようとしていた。

午前の普通授業のあとに、午後一時半から夏の学期末のパーティーが階下のホールで開かれた。

先生方が大きな皿《さら》に盛りつけされたオードブルを、ところどころに置いてゆき、コーラやジュース類、そして、ワインのボトルも運んできて、とくに儀式《ぎしき》ばった挨拶《あいさつ》もなく、会がはじまった。

やがて、わたしたちの背後に、先生方が影のようにやってきて、飲みものを注いでくれた。そして、みずからも飲んだり食べたり話しこんだりして、まわっていった。みな、たのしそうだった。

フランコは、もう、姿を現さなかった。ジョージアは、始業時間前とパーティー前に、わざわざ持参してきた新しい白のTシャツに、みなからサインをもらっていた。シンジアは、黒のミニスカートのドレスを着てきた。みどりのワン・ピース姿の、おめかしのドレスは、大きなスーツ・ケースを運ぶのに苦労して、一時間目の授業に遅《おく》れて、はいってきた。

イタリーとスペインの学生たちが、ほとんど帰国するのだ。クラス・メートの彼らや、そして彼女らは就職していて、一ヶ月か二ヶ月ほどの夏休みを利用して、イギリスへ英語の研修に来ていたのである。

九月になった。

秋の前期の授業が、さびしく始まった。担任の先生は、サイモン・ホジソン先生で、クラスの生徒は、タイチ、モモコ、モニカ、リスベス、そして、わたしの五名である。

その第二週目の金曜日に、スワンスクールで案内してくれる、夜の野外劇『夏の夜の夢』を見に行くことにした。

「ハロー　シュン、観劇《かんげき》に参加するそうだね。夜はひじょうに冷えるから、コートを着て、なるだけ、マフラーや手袋を、それに膝掛《ひざか》けのようなものを持っていくといいよ。」

と、ホームズ先生は、観劇数日前の昼休みに廊下で会ったとき、言ってくれた。

ところで、この町の店は、たいてい五時に閉まるのである。これは、また、おどろきだった。まったくイギリス人は、商売気《しょうばいぎ》がないのかなと、また思ったものだ。そして、ホームズ先生から助言を聞いた次の日、四時十分に授業が終わるとすぐに、わたしはコートを買いに出かけた。

まもなく、冬になるのに、うちからコートを持参していなかった。また、せっかく、エジンバラで買ったマフラーと手袋は、エジンバラ城をたずねた後に、観光バスの二階に置き忘れたショルダー・バッグのなかに入れたまま失くしてしまったので、その二つも買った。

シェイクスピアの野外劇『夏の夜の夢』を観にゆく日の四時頃に、十一人の観劇希望者はスワンスクール前に集まった。そして、ホームズ先生の運転する小型バスで出発した。三、四十分走ったところに、車は横道にそれて、貴族の荘園《しょうえん》らしいところに、さしかかった。すると、まもなく、道の前方を鹿の群れが、ゆうぜんと横切った。

「オー　ディア！」かん高い女の声が、そのとき、バスの中にひびき渡った。一番前の座席にいた女子学生が叫んだのだ。すると、どっと笑い声が起こった。「おや、まあー。」「ああ、鹿だわ！」の、二つの意味の同音異義語《どうおんいぎご》を彼女は発したのだ。

チャールコートパークの館《やかた》の庭の一画に、椅子を並べただけの野外劇場だった。背景となる広い鹿の牧場に、ちょうど、夕日が沈みかけていた。

石橋のかかった幅一・五メートルぐらいの小川が、前方すこし離れたところを流れている。その向こうの木立の葉が、夕映《ゆうば》えに光って、寒い風にゆれていた。小川の石橋も、その向こう側もステージの一部で、小川の手前の庭がメーン・ステージになっている。

日が沈むと、きゅうに、あたりが薄暗くなって、月の明かりがましてきた。すると、小川の向こうで、ホタルが舞っているかのように飛びまわっていた妖精《ようせい》たちは、石橋の上や、こちら側にまでやってきて、いつしか劇がはじまった。

夜になると、アテネの暗い森は、妖精たちの飛びかう夢の世界となる。そして、アテネの森のなかは、妖精王オーベロンと、その王妃《おうひ》ティターニアの夫婦げんかで、変調《へんちょう》をきたしていた。

夫婦げんかは、妖精の王妃ティターニアが、インドの王様から可愛いお小姓《こしょう》を、さらってきたのが、そのきっかけだった。妖精王オーベロンもその愛らしいお小姓を見ると、すぐに、そのお小姓が欲しくなってしまった。ところが王妃は、それを拒否《きょひ》しつづけたので、妖精王が怒ってしまった。

妖精王は、王妃を懲《こ》らしめてやろうと小妖精パックに命じて、娘たちが「浮気草」と呼んでいる花を摘《つ》んでこさせた。その花は、乳のように純白だったのに、キューピットの矢で射られて、恋の傷で真紅《しんく》に染まった花だった。

妖精王は王妃ティターニアが眠りこむのを待って、その花の、しぼりツユを眠っている妖精の王妃の目にたらした。

やがて妖精の王妃は目を覚まして、最初に目にしたのが、アテネ公爵《こうしゃく》の結婚式を祝うために芝居の練習をしていた職人の、ロバの頭を付けた機屋《はたや》のボトムだった。妖精の王妃は、たちまち、頭部がロバの姿をした、お化《ば》けのような、このボトムに、ぞっこん、惚《ほ》れこんでしまった。

ところで、アテネ公爵の結婚式とは、アテネの公爵シーシアスが、剣をもって力《ちから》づくで、その愛をも勝ちとった、アマゾンの女王ヒポリタとの結婚式のことで、四日後に新月を迎えて、とり行うことになっていた。

妖精の王妃ティターニアは、その後は、ロバの頭が取れなくなってしまった機屋のボトムを愛撫《あいぶ》し、そのようなボトムに、いちゃつくばかりだった。

そんなわけで王妃はお小姓に、もはや未練《みれん》はなかったから、お小姓を妖精王にゆずることにした。すると、さすがの妖精王オーベロンも、ロバの頭を付けたままのボトムを愛して、うつつをぬかしている王妃ティターニアを、あわれに思いはじめる。

そして妖精王は、王妃が眠ったときを見はからって、王妃の目に解毒《げどく》のツユを、たらしてやった。しばらくして目を覚ました王妃は、夢の世界からも抜け出ていて、めでたく妖精王と仲なおりをするのだった。

他方、こちらの方が劇の主筋になるのかもしれないが、まず、恋《こい》する乙女《おとめ》のハーミアが、恋人のライサンダーとアテネの暗い森のなかへ駆《か》け落《お》ちすることになった。

じつは、その前日に、アテネ公爵の宮廷で、ライサンダーの恋人・ハーミアが父親から、ライサンダーとの仲を禁じられて、ライサンダーと結婚でもしようものなら、娘のハーミアは死刑か、修道院で一生を送るか、そのどちらかだと、きびしく訴えられていたからである。

ところが、そのころ、ライサンダーの友人のディミートリアスが、恋する乙女のヘレナという婚約者がいるのに、ハーミアに会ったとたんに、ハーミアに一目ぼれしてしまっていた。

ライサンダーの恋人・ハーミアから、ハーミアとライサンダーが、アテネの森へ駆け落ちすると聞いたヘレナは、ディミートリアスを愛するあまりに、ディミートリアスの気を少しでも引こうと、そのことをディミートリアスに知らせた。すると、ディミートリアスはすぐに、アテネの森へハーミアを追《お》ってゆき、ヘレナもそのあとを追うのだった。

妖精王・オーベロンは、暗い森のなかで、婚約者のディミートリアスから冷たくされているヘレナを、あわれに思ったにちがいない。そして、ディミートリアスの目を覚《さ》まさせてやろうと思ったのだろう。

妖精王は小妖精パックに命じて、ディミートリアスが眠ったときに、妖精の王妃に用いたのと同じ媚薬《びやく》をディミートリアスの目にたらすよう指示した。ところが、小妖精パックは相手を間違えてしまい、媚薬をハーミアの恋人のライサンダーにつけてしまった。目を覚ましたライサンダーは、魔法《まほう》で近くへまねき寄せられていたヘレナを見て、たちまち、ディミートリアスの婚約者のヘレナを好きになってしまった。

妖精王は小妖精パックが、相手を間違えたことに気づいて、ディミートリアスを眠りにさそって、みずからその目に、媚薬をたらした。そして、やがて目を覚ましたディミートリアスは、魔法でおびき寄せられたヘレナを見て、たちまち、ヘレナを熱烈に恋してしまった。

こうして、この二人の若者は、はじめは暗い森のなかで、ハーミアに恋いこがれて争っていたのに、いまや二人とも、ヘレナを熱愛してしまい、剣《けん》をまじえて争《あらそ》うまでになった。

いつしか夜もふけて、夜明け前のまだ暗い森のなかでは、乙女たちも若者たちも、もう疲れはてて眠っていた。そのとき、妖精王はライサンダーの目に、「あらゆる迷《まよ》いを取り去り、もと通りのものを見る力を授けてくれる」薬草のツユをたらしてやった。

やがて、角笛《つのぶえ》が鳴りひびき、夜が明けはじめると、四人の恋人たちも目を覚まして、ぼうっとしたまま夢のような一夜の物語を思い出していた。目を覚ましたライサンダーは、目の前にいるハーミアを見て、ほっとして、それまでよりも深くハーミアを愛《いと》おしく思うのだった。さらに、ハーミアはその後、アテネ公爵の助言もあって、ライサンダーとの結婚も、父親から許された。

また、ディミートリアスも婚約者のヘレナの美しい魅力《みりょく》をあらためて感じて、可愛《かわい》い乙女のヘレナと、もと通りに愛しあうようになった。

こうして、公爵の結婚式には、この若い男女の二組のカップルも加わって、三組の結婚式が華やかに挙行された。その祝宴の広間では、職人たちの、愛をめぐる悲劇のような笑劇も披露された。


この観劇後の日曜日に、アン・ホームズ先生の紹介で、わたしは朝夕の食事付きの下宿へ移れることになった。それで、ホスト・ファミリーのヴァル・ホートンさんは車で、次男のクリストファーといっしょに、わたしをその家まで送ってくれた。

ホートンさんの車が、ヴァクイーロさんの家の前で停車すると、わたしたちの気配《けはい》を感じたらしく、すぐに玄関のドアが開いた。なかから、ヴァクイーロ夫人と男の子が現れた。

ホートンさんたち親子を見送ってから、ヴァクイーロ夫人はリビング・ルームでお茶を出してくれて、家族のことを話してくれた。

ファテマ・ヴァクイーロ夫人は、昼間だけ勤務の病院のナースで、ご主人のジャックは病院のコックをしている。まだ幼い感じの男の子は小学一年生になったばかりで、マーシオという名前だった。

その夜、二階のわたしの部屋のドアを、やさしく、ノックする音がした、

「イエース。」わざと、抑揚《よくよう》をつけて答えると、

「ディナーズ、レディ。」と、夕食の案内の可愛《かわい》い声が返ってきた。

「カミング！　サンキュウ　マーシオ！」

わたしも、マーシオに負けずに可愛い声をだして、階段をかけ降りていく、小さい足音を聞きながら、ひとり、ほほ笑んだ。

もう、食事の心配をする必要がなくなった。それどころか、その夜の夕食には、グラス

一杯のワインもついていた。ロースト・ビーフとマッシュ・ポテトの他に、ニンジンとサヤインゲンを炒《いた》めた料理だった。茶褐色に、カリカリに焼いた薄切りのトーストも、バターとマーマレードの味で美味しくいただいた。

その翌朝、ファテマ・ヴァクイーロ夫人は、ご主人のジャックが早朝に出勤した後で、小学生のマーシオを学校へ送り出すのに大きな声で急《せ》きたてていた。

「マーシオ！　クイックリ！　クイックリ！」と、くり返し叫んでいる母親の声が、二階のわたしの部屋にまで聞こえてきた。

母親のファテマは小学生の息子が、学校に遅れないように、「Hurry up! Hurry up!」（急げ！　急げ！）と、動詞の命令形でなく、「Quickly! Quickly!」と、副詞のことばを用いていたのだ。

ほう、おもしろい、と思った。そうだ、日本でも、ひとを急かすのに、「急げ！　急げ！」と、動詞の命令形のほかに、英語の「Quickly! Quickly!」の日本語訳に相当する、形容詞「早い」の連用形、「早く！　早く！」とか、動詞を修飾する副詞のようなはたらきの、「急いで！　急いで！」も用いられているな、と思った。

ヴァクイーロ夫人は、とても親切なひとで、わたしの洗濯物《せんたくもの》まで洗ってくれた。さらに、ちょっと気恥《きは》ずかしかったが、わたしの下着にまでアイロンをかけてくれるのである。

日本では、天気のいい日には、庭先や、ベランダにカラフルな洗濯物が、気持ちよさそうに風にゆれているのを、いつも目にする。また、布団《ふとん》なども、ふかふかになるまで晴天の日ざしに、よく干《ほ》されている。

ところが、イギリスでは布団も洗濯物も、他人の目にさらさないようなのだ。天気が変わりやすいからなのだろうか。

さきに、ホートンさんの家に滞在していたころは、晴れの日がつづいて、それに広い裏庭があったので、ホートンさんは、そしてわたしも、洗濯物を裏庭に干していた。しかし、裏庭のない家では、風呂場などの室内に干すのだろうか。それで、イギリスの主婦は下着にまで、アイロンをかけるのだろうか。

学校主催の、ケンブリッジへの小旅行があった。全四クラスから十七名が参加した。

ケンブリッジは、約三十のカレッジからなる大学都市である。ピーターハウス・カレッジのように、七百年もむかしに創立《そうりつ》されたものから、比較的新しいカレッジもあると聞いた。

小型バスを降りると、わたしたちは三々五々、静かなカレッジのキャンパスのなかを歩いた。おどろいたことに、ひとりの学生にも会わなかったのである。休日だったからか、それとも、九月半ばだというのに、まだ夏休みがつづいていたのだろうか。

よく晴れた日だった。初秋の陽ざしが快かった。カレッジの広い中庭の芝生は、オックスフォードのカレッジの中庭の芝生と同じように青々と刈り込まれていた。

各カレッジには、「ザ・バックス」と呼ばれる、よく手入れされた、美しい裏庭が付いている。とくにケム川にのぞむ、「ザ・バックス」の連なる光景が、すばらしかった。そのケム川で、わたしたちは日本の伝馬船《てんません》に似た観光用の舟・パントに乗って遊んだ。

川幅が十数メートルのケム川は、じつは、運河である。その両岸には、太い幹の柳が連なっていた。そして、垂れしだれる柳のみどりの葉が、あるかなしかのそよ風に水面《みなも》をなでるかのようにゆれていた。

舟がその下を通るとき、その舳先《へさき》と後方の艫《とも》に立って竿《さお》をあやつる人は、頭と腰をかがめなければならない。舟と舟がすれちがうときには、舟に乗っている人たちは、双方で手を振りながら、ほほ笑みを交わす。ただ、それだけで、みな、たのしそうだった。

上流から、新婚のカップルを乗せた舟が、くだって来た。竿をあやつる船頭《せんどう》も乗っている、華やいだ舟だった。その舟には、純白のウェディング・ドレス姿の花嫁《はなよめ》と、黒のフロック・コート姿の花婿《はなむこ》が寄り添っていた。わたしたちは一斉に、そのふたりに歓声と拍手を送った。彼らもわたしたちに、にこやかに手を振った。

ところで、ケンブリッジをおとずれて、ケム川の柳を見たとき、わたしはエイボン川の柳の風景を目に浮かべた。そして、シェイクスピア劇に出てくる柳にまつわる、かなしい場面を思い出した。

清純無垢《せいじゅんむく》だった、ハムレットの恋人・オフィーリアの死と、この上なく貞淑《ていしゅく》だった、オセロー将軍の妻・デズデモーナの死をめぐる、あわれな物語である。

オセロー将軍は、旗手《きしゅ》のイアゴーの詭計《きけい》にのせられて、良人《おっと》をひたすら愛している妻のデズデモーナが、オセロー将軍の副官のキャシオーと浮気をしていると、信じこんでしまうのである。

そしてオセローは、「嫉妬《しっと》」という化け物の餌食《えじき》にされて、狂わんばかりに苦悩して、のたうちまわった末に、愛妻のデズデモーナの首を絞《し》めて、殺すことを決意する。

良人のオセローから、ベッドに寝ているように言われたデズデモーナは、死を予感して、侍女《じじょ》のエミリアに、婚礼の晩に用いたシーツを敷いてもらい、「柳の歌」を口ずさむ。

歌いましょう、柳はみどり、
片手を胸に、かしげた首を膝にのせ、
柳、柳、柳の歌を歌いましょう、
澄んだ小川、せせらぎはむせび泣く、
柳、柳、柳の歌を歌いましょう、
こぼれる涙、無常な石ももらい泣き、
柳、柳、柳の歌をうたいましょう。
柳、柳――(後略)

(ちくま文庫『オセロー』松岡和子訳より。ちなみに、その脚注《きゃくちゅう》では、「柳は報われぬ恋の象徴。」と、述べられている。)

また、シェイクスピア劇『ハムレット』によると、デンマークの王子・ハムレットは、父王の弟が父王を毒殺《どくさつ》して、自ら王位について、さらに、未亡人となった、ハムレットの母を、すぐに自らの妃《きさき》にしたことを、父王の亡霊から知らされる。この劇は、ここから展開する。

それまで、ハムレットの恋人だった、清純な姫《ひめ》・オフィーリアは、狂気じみていくハムレットから、ひどい仕打ちを受けるようになる。そのうえ偶然とはいえ、オフィーリアの父までが、ハムレットの剣に斃《たお》されるのである。そして、オフィーリアは悲しみのあまり、やがて、正気《しょうき》をなくしていく……。

オフィーリアは柳の木によじ登り、野の花で作った花冠《かかん》を、垂れしだれる柳の枝にかけようとしたとたんに枝が折れて、花冠も彼女も柳の下の流れに落ちてしまう……。

日曜日の午後、はじめてロイヤル・シエイクスピア劇場に入った。昼の部の『リア王』を観た。

まず、大きな立方体の箱のような舞台装置に目をみはった。それが回り舞台のようになっていた。

幕は、はじめから上がっていた。

開演時間になると、リア王が三人の王女に王国を分け与えることについて、そのうわさ話をしながら、二人の廷臣《ていしん》が若い廷臣をうしろに伴《ともな》って登場してくる。

やがて、そのひとりのグロスター伯爵《はくしゃく》が、話し相手のリア王の忠臣・ケント伯爵に、うしろ近くを歩いてくるグロスター伯爵の側室《そくしつ》の子・エドマンドを、次のように言って紹介する。

「(前略) こいつはずうずうしくて、呼び寄せもしないのにこの世に飛び出してきた。しかし、母親はいい女だった。こいつが出来るについてはかなり楽しい思いをしたものだ。そこで、妾腹《めかけばら》とは言え、認知せざるを得なくなった。こちらを存じ上げているか、エドマンド?」(ちくま文庫『リア王』松岡和子訳より。次につづく、「 」内の引用も、同書からのものである。)

やがて、ラッパの吹奏が鳴りひびいて、リア王、コーンウォール公爵、オールバニー公爵、ゴネリル、リーガン、コーディリア、従者たちが登場してくる。

リア王が、三人の王女から父王に寄せられる愛のことばを聞いて、それぞれの王女に王国を分けて贈与《ぞうよ》する儀式《ぎしき》がはじまる。

「(前略) ――私はいま、権力、領土、煩わしい政務という衣一切を脱ぎ捨てるつもりだが――お前たちのうち、誰が一番父を愛していると言えるかな? 親を思う気持ちが最も深い者に最も大きな贈り物を授けよう。ゴネリル、まず長女のお前から言いなさい。」と、リア王は長女・ゴネリルにたずねる。すると、ゴネリルは弁舌さわやかに、次のように答える。

「はい、私のお父様への愛は言葉に尽くせません。この目よりも、無限の自由よりも大切な方。高価で貴重な宝など物の数ではありません。命、祝福、健康、美、名誉そのもの。これほど子が父を愛し、父が子に愛されたことはない。貧しい息に託した言葉など、無力になるほどの愛。あらゆるかたちの愛の言葉を超えております。」

リア王の長女・ゴネリルの、大げさに飾《かざ》り立てた、このようなことばを聞きながら、「コーディリアは何と言えば？　愛して、黙っていよう。」と、コーディリアは困惑《こんわく》して、傍白《ぼうはく》する。

さらに、次女のリーガンは、長女のゴネリルよりも、ふんだんに美辞麗句《びじれいく》を並べたてて、父王への愛を吹聴《ふいちょう》した。すると、コーディリアは、ますます、どうしていいか分からなくなってくる。

「とうとう、哀れなコーディリア！　いいえ、そうじゃない。だって私の愛は口で言うよりずっと重いんだもの。」と、傍白する。

しかし、リア王はコーディリアから、やさしいことばを、おそらく、くすぐったくなるような、うれしいことばを、たのしみにしながら、コーディリアに語りかける。

「(前略)さあ、私の歓びのもと、一番末の、一番小さなかわいいやつ。(中略)姉ふたりよりもっと豊かな三分の一をどういう言葉で引き出すつもりかな? 言え。」と、父王から促《うなが》されて、

「何も。」と、コーディリアは、ただ、それだけを答えた。

「何もなければ何も出てこない。言い直せ。」

「不幸な性分で、胸の思いを口に出すことができないのです。私はお父様を愛していいます。子の務めとして。それ以上でも以下でもありません。」

やがて、リア王は激怒《げきど》する。

「本気で言っているのか?」

「はい、お父様。」

「そんなに幼くて、そんなに頑《かたく》ななのか?」

「こんなに幼くて、心が真っ直ぐなのです。」

「勝手にしろ。ならばその真っ直ぐな心とやらが持参金だ。(中略)いまここで誓う。父と

しての心遣いも親子の縁も血のつながりもきっぱりと断ち切る。（後略）」

「陛下、畏れながら——」と、忠臣・ケント伯爵が口をはさむ。

「黙れ、ケント！　竜の怒りに立ちふさがるな。俺はこの子を一番かわいがり、余生のすべてを委ね——優しく世話してもらうつもりだった。失せろ、目障りだ！（後略）」

だが、ケント伯爵はコーディリア姫《ひめ》を、もう、ひっしに弁護して、リア王を諫《いさ》めつづける。しかし、リア王の怒りは、はげしくなるばかりで、ついに、ケント伯は国外追放の身となる。

つぎの場面は、この劇の副筋になるのだが、劇の最初に登場したグロスター伯爵は、その側室の子・エドマンドの謀略《ぼうりやく》にだまされて、正妻の長男のエドガーを謀反人《むほんにん》と思いこみ、リーガンの夫・コーンウォール公爵の援助も得て、エドガーを捕らえようと追跡《ついせき》することになる。

第二幕の終わりには、グロスター伯爵家の城のなかで、この悲劇の最初の山場《やまば》をむかえる。

あれほどに、父のリア王への愛のことばを溢れんばかりに語っていたのに、長女のゴネリルと、次女のリーガンは共謀《きょうぼう》して、老いた父王に対して、残酷《ざんこく》にふるまうようになる。

さらに、リア王は百人のお付きの騎士だけを身近に残して、そのほかの、すべての領土も財産も権力も、この娘たちに与えたというのに、騎士たち従者は一人も必要ないでしょう、とまで責《せ》められて、そのひどい仕打ちに激高《げきこう》したリアは、城から飛び出していった。

すると、リア王の長女・ゴネリルはグロスター伯に、「伯爵、引き止めては駄目よ、絶対に。」と言う。そして、次女のリーガンも、「あら、伯爵！　我が儘な人間につける薬は自ら招いた苦しみしかないんですよ。門を閉めなさい。」と言って、いまにも嵐が襲ってくるというのに、父王・リアを城から閉め出してしまった。

やがて、あらしの場面となる。

リアは道化《どうけ》と、悲鳴をあげながら、はげしく吹きすさぶ風雨のなかを、さまよっていると、忠臣・ケント伯があとからやってくる。ケント伯は追放された直後から、声色《こわいろ》を変えて、変装《へんそう》もして、リア王に仕えている。

あらしは、はげしさを増すばかりだった。稲妻が炎のように光り、雷鳴とどろく豪雨のなかで、リアたち三人は、やっと、小さなあばら家を見つける。ところが、そのあばら家のなかには、すでに隠れているものがいた。追い手から逃れて、「顔には泥を塗りたくり、腰にはぼろ一枚、髪はくしゃくしゃにもつれさせ、素っ裸をさらして、」（エドガーの独白）

正気《しょうき》をなくしたものをよそおった、グロスター伯の長男・エドガーだった。

そこに、さらに、なんとエドガーの老父・グロスター伯が、ゴネリルたちの目を盗《ぬす》んで、こっそりと、リア王を救うためにやってくる。ゴネリルから、「伯爵、引き止めては駄目よ、絶対に。」と、きびしく言われていた、グロスター伯だった。

グロスター伯は、リア王を助ければ命はないぞと、リーガンの夫・コーンウォール公爵からも厳命されていた。しかし、グロスター伯は、もう命がけで、城に隣接する農家の一室にリア王たちを案内した。

だが、ほどなく、グロスター伯はもどってきて、リア王を亡き者にしようという陰謀《いんぼう》を耳にしたと言って、急きょ、王を担架《たんか》にのせて、ドーヴァーへ向わせた。そのとき、たまたま、王を探しまわっていたお付きの騎士たちもそれに合流した。

そのころ、フランス王妃となったコーディリアがフランス軍を率いてドーヴァーに上陸する、という密書が、グロスター伯のところに届いていたのだ。

兄のエドガーを謀反人《むほんにん》に、でっち上げた、庶子《しょし》・エドマンドは、そのときは、まだ、父のグロスター伯から信頼されていて、リア王を救う手はずのことや、その密書のことについて、父・グロスター伯から、そっと聞かされた。すると、さっそく、エドマンドはその情報を、リーガンの夫・コーンウォール公に密告してしまう。

こうしてグロスター伯は、たちまち、コーンウォール公爵に捕らえられて、椅子《いす》に縛《しば》りつけられ、両目をえぐり取られてしまうのである。そして、あらしの荒野に投げ出されてしまった。

グロスター伯の長男・エドガーは後に、その荒野で、両目をなくした、この老いた父のグロスター伯と出会う。すると、なにも見えない闇の世界に絶望している、老グロスター伯は、〈正気《しょうき》をなくしたトム〉に身をやつした長男のエドガーに財布《さいふ》を与えて、「ドーヴァーを知っているか？（中略）あそこの切り立った絶壁は、高々と頭《こうべ》を突き出し、崖に仕切られた海を恐ろしげに見下ろしている。（後略）」と、そこから身を投げて死ぬつもりで、そこへ連れていってくれるように頼むのである。

舞台は回って、フランス王妃となったコーディリアは、フランス軍を率いて、父王・リアを救うために、イギリス本土に上陸した。そして、弱りはてた、正気もほとんどなくした、野の草を冠《かんむり》にしている、父王・リアを、やっと探し出す。

「お前が盛った毒なら私は飲む。お前が私を愛していないのは分かっている。」と言って、リアはコーディリアに会うのを拒《こば》んでいた。だが、コーディリアは医者と共に、意識がもうろうとしたまま、うとうとと眠りつづける父王のリアを、やさしく看病するのだった。

リアにとっては、だれよりも、いつくしんでいた子だったのに、老後を頼りにしていた子だったのに、そのコーディリアが、あまりにも無欲だった。ただ、それだけの理由で、リアは彼女の愛を疑ってしまった。そして、彼女には憎《にく》しみだけを与えて、しかも親子の縁も断って、放り出したのだ。そのようなコーディリアにリアは、とうてい合わせる顔がなかったのだろう。

しかし、コーディリアの率いるフランス軍が、エドマンドの率いるイギリス軍に破れて、リアはコーディリアといっしょに、囚《とら》われの身となってしまう。そして、リアはコーディリアと牢獄《ろうごく》のなかで、やっと二人だけになって、むつまじく語りあうのだった。

ところが、それも束の間で、コーディリアは、グロスター伯爵家を乗っ取った腹黒い、エドマンドの指示を受けた将校によって、絞殺《こうさつ》されてしまうのである。

その一方で、コーディリアを殺させた、謀反人のエドマンドは、正気をなくしたふりをしていた兄のエドガーによって、のちに不正の数々をあばかれて、二人は決闘《けっとう》することになる。

ところで、冷酷《れいこく》だったコーンウォール公爵のことだが、グロスター伯爵の目をえぐり取ったとき、それを見かねた召使いが、死にもの狂いで、それを止めようと、公爵に斬《き》りかかった。そして、そのとき召使いから受けた傷で、コーンウォール公爵は出血多量で死んでしまう。

このコーンウォール公爵から、さきに、「伯爵」の爵位を授けられたグロスター伯爵の庶《しょ》子《し》・エドマンドは、そのころ、リア王の長女・ゴネリルと、次女・リーガンの二人と密通を交わし、二人のそれぞれと、結婚の約束までしていたのである。

リア王の次女・リーガンは、夫のコーンウォール公爵が召使いに殺されて、都合よく未亡人になったが、長女のゴネリルは、エドマンドと結ばれるために、夫のオールバニー公爵をエドマンドに殺させなければならなかった。

ところが、そのゴネリルの謀反が、エドガーによって暴《あば》かれるのである。両目をつぶしたまま放りだしてしまったグロスター伯の首をはねた者は出世すると、リーガンにそそのかされた、オールバニー公爵家の執事《しつじ》・オズワルドを、盲目《もうもく》の父の手をひいていた長男・エドガーが返り討ちに打ち殺して、そのふところから奪った手紙が、ゴネリルからエドマンドに宛《あ》てたものだった。その手紙によって、ゴネリルとエドマンドの密通が露見《ろけん》してしまった。

グロスター伯爵家の総領《そうりょう》・エドガーはゴネリルの夫・オールバニー公爵に、ゴネリルからエドマンドに宛てた、その密通の手紙を手渡した。そして、エドマンドの数々の悪行《あくぎょう》も話した。こうして、オールバニー公爵の立会いのもとで、さきに述べたような決闘が行われたのである。

ついにエドマンドが、エドガーの正義の剣に斃《たお》されると、ゴネリルは絶望して狂乱のはてに、みずからの胸に短剣をつき刺して自害した。そのまえにゴネリルは、恋敵の妹のリーガンに、すでに毒《どく》を盛《も》っていたのだ。

観劇の帰りに、わたしはパブに寄った。弱りはて、意識も朦朧《もうろう》としている、老いさらばえたリアが、死んだ末娘のコーディリアを抱いて登場する場面が、わたしの目に焼きついていた。

「なぜお前は息をしない？　もう戻っては来ない、二度と、二度と、二度と、二度と、二度と！」と、〈Never, Never, Never, Never, Never〉を、くり返しながら、リアはやがて息をひきとる。そのふかい悲しみにわたしは、ひたっていた。

パブから外に出ると、夕焼けの空がきれいだった。だが、左の胸のあたりに不快感をおぼえた。舞台近くの席で観たせいか、副筋の、老いたグロスター伯爵が、なぜ厳命にそむいて、リアを助け、コーディリアの率いるフランス軍に通じたのかと、激怒したコーンウォール公爵に責められ、両目をえぐり取られる場面が、あまりにも残酷だった。

原作では、弱りはてた老グロスター伯爵が、椅子に縛りつけられて、その目をコーンウォール公爵の履《は》いたままの靴で踏《ふ》みつけられて、つぶされるのだが、この劇では、コーンウォール公爵の手の指で、椅子に縛りつけた伯爵の両目から、その眼球を、つぎつぎに、えぐりだしたのだ。そのときの、グロスター伯爵の悲鳴が、劇場を揺《ゆ》さぶるように鳴りひびいた。

その悲痛な叫びが、いつまでも、わたしの耳の奥で鳴っていた。

杏子

十月になって、秋の後期の授業がはじまった。ジョン・マーフィ先生が、わたしたち五名の担任である。四人の先生から学ぶ。

昼休みになったとき、新顔の三宅杏子《みやけきょうこ》がわたしのところに来て、

「お昼《ひる》は、ふつう、どこで食べるのですか？」と、英語でたずねた。

「たいがい、公園の近くの店です。もし、よろしかったら、いっしょに行きますか。」と、わたしは日本語で答えた。

つぎの日も、昼休みになると、彼女は教室を出るとき近づいてきて、

「ごいっしょしていいですか。」と、言った。もちろん、わたしに異存のあるはずがない。

彼女は、赤と黒の似合う色白の、背のすらっとした女性である。しずかな口調で話す声は澄《す》んでいる。

その日も、わたしたちは、エイボン川のほとりの軽食の店へ行った。昼食がおわって、くつろいでいるとき、彼女は涼しい目をわたしにむけて、

「父はノウガクシなの。」と、言った。

「………。」

怪訝《けげん》そうに、彼女の顔を見ると、

「お能《のう》の能なのよ。能楽師と言うの。」と、彼女はほほ笑んだ。

つぎの日は金曜日で、午前中授業だったが、この日も、三宅杏子はわたしと、エイボン川のほとりの軽食の店へ行った。

食事のあと、彼女はいかにもコーヒーの風味をたのしんでいるかのように、くつろいだ様子だった。少し多弁《たべん》になっていた。

「大学の文学部を卒業したあと約六年間、ドイツに留学していたのよ。そこで、ずいぶん、オペラを観たわ。毎週、少なくとも一回は観たかしら。少し前まで、ドイツ文学の講師をしている人とつきあっていたの。でも、ある事情で別れたの……。あたし、男が泣くなんて、きらいよ！」

わたしは、ぎくりとして、彼女の顔を見たが、彼女の表情に変化はなかった。

つぎの週も、授業のある日は、七十五分の昼休みを、いつも彼女といっしょに過ごした。その週末の金曜日の午後も、杏子と近くのパブで昼食をすませてから、「ストラトフォード・モップ」というお祭りを見に行った。

市《いち》の立つ町と聞いたことがあるから、ひょっとして、むかしながらの市が立っていたのかもしれない。目抜《めぬ》き通りの中央部一帯に、いろいろな店が出ていた。遊技場も華やいでいた。わたしたちも人々でごった返しているところを見てまわって、そこの天幕《てんまく》のカフェに入って、しばらく休んだ。そのあと公園の方へ歩いていった。

ロイヤル・シェイクスピア劇場の裏の方へのびている、エイボン川に沿った小みちを歩いてゆくと、渡し舟があった。わたしたちも、その舟の先客の二人に加えてもらった。

向こう岸の近くに、シェイクスピアの永眠する、聖トリニティ教会がある。わたしたちは、その教会の境内《けいだい》を見てまわった。日本の田舎のお寺のような感じの境内で、教会堂に向かって左手の方には、日本でよく見かけるような墓碑《ぼひ》が立ちならんでいた。なん百年かの風雨に朽《く》ちこぼれた墓石の名前を読みとりながら、シェイクスピアの墓碑をさがして歩いた。

しかし、どうしても見つけられなくて、わたしたちは重厚《じゅうこう》な鉄の扉をあけて、教会のなかへ入った。受付のカウンターがあって、シェイクスピアに関する冊子類などが売られていた。わたしたちは受付の人に、シェイクスピアの墓所をたずねた。

シェイクスピアばかりでなく、シェイクスピア家の人たちが、教会内の祭壇わきに葬《ほうむ》られていた。教会そのものが、シェイクスピア家の墓所だったのである。

内陣《ないじん》には、シェイクスピアの死の数年後に据《す》えられた記念像（シェイクスピア関係の書籍の巻頭を、よくその写真で飾る、右手に鵞《が》ペンを持った、あごひげを生やした顔の胸像）と、シェイクスピアの亡《なき》がらを埋葬《まいそう》する際に使用したという、大きな大理石の石棺《せっかん》があった。

外に出ると、観光客の一団が教会の前あたりで、にぎやかに話していた。杏子は彼らがドイツ語を話しているのに気づいて、いかにも懐かしそうに彼らに近づいていった。


つぎの日が土曜日で、学校主催の「ソールズベリーとストーンヘンジへの日帰りの旅」があった。杏子もわたしも参加した。いい天気だった。

シェイクスピアの戯曲《ぎきょく》『リチャード三世』に出てくる、ソールズベリーは原野である。リチャード三世が王位につくまで、奸策《かんさく》のかぎりをつくして、残虐《ざんぎゃく》なリチャードを支えたバッキンガム公爵が、王位についたリチャード三世によって、処刑された場所である。

それが史実かどうかは分からないが、今ではジョージア王朝時代からの優雅《ゆうが》な建物が建ちならび、尖塔がイギリスで一番高いゴシック建築の大聖堂でも知られた街である。

大聖堂をたずねたとき、わたしたちは古いせまい階段を天井階まで、一段ごとに、みな苦しい、うなり声をあげながら登った。そして、天井階の小窓から、きれいな街なみをながめた。

ストーンヘンジは、そこから車で、あまり遠くないところにあった。荒涼とした大平原に、とつじょ、巨大な石の前衛芸術の傑作のようなものが現れたのだ。

それが、ストーンヘンジだった。縦長の巨石の上に横長の巨石が乗っている群れがいくつかあって、それらがまとまって、みごとな造形の美を創《つく》りあげていた。その巨石群をながめていると、そのすきまからは、妙《たえ》なるしらべが聞こえてくるような気がした。

ストーンヘンジの巨石の群像を背景に、杏子の写真をとろうとしたが、すぐ逃げられた。他の学生たちは写真にとられるのを好むのに、彼女はそれをきらった。

「どうして?」と、小さい声で聞いてみた。「あたし、もう二十九よ!」彼女は顔をすこし赤らめて、わたしの耳にささやいた。

日本だったら、お土産屋《みやげや》や食べ物屋や旅館などが建ちならび、門前町のように賑《にぎ》わうだろう。ところがここには、なんの店もない。ただ、はてしなく広がる殺風景な原野である。

そもそも、イギリス人は商売気《しょうばいぎ》がないのか。それとも、そのようにして制度的に、貴重な文化遺産を守っているのか？　いずれにせよ、これがイギリスなのだ。

観光客は、ロープで仕切られた道を、まるで動きのゆるい、歩くエスカレーターに乗っているかのように、ゆっくりと歩き、巨石の群像を離れたところから、ながめるのである。そして、大勢の観光客の流れのままに、わたしたちはバスにもどった。すぐ出発した。なん時間もかけて来たというのに、そこにいたのは、わずか二、三十分だった。

日曜日の昼ごろ、散歩がてら昼めしに出かけた。世話になっている家の前の道を、左方向に二、三分歩いて右折すると、枯れ葉の散りしきる、楡《にれ》の大樹の並木道に出た。秋が深まっていた。

「彼女は二十九歳か……。」と、歩きながら、つぶやいた。「おれは六十だ……。あと二ヶ月もすれば、もう、六十一になる……。杏子《きょうこ》はおれを、まるで自分の父親のように信頼しているのか……？　それにしても、おれたちは、いかにも恋人どうしのようだ。昼休みには、いつも一緒に食事に出かける……。」

歩いていくと、まもなく、運河にかかる橋に出た。そこから数分後には、ストラトフォードの町並みが見えてくる。

橋の下を、ちょうど、「バージ」と呼ばれる遊覧船が通りぬけた。幅二、三メートルの運河を、どうにか通れるくらいの屋形船《やかたぶね》である。船の長さは十メートルほどで、薄みどりの屋根と船腹には、白いふち取りがしてある。どこも閉ざされていて、なかの様子は分からなかった。スクリューは付いていたが、船の男は竿《さお》をあやつって船を進めていた。

公園の近くには、幼稚園の運動場ほどの広さの沼があって、そこにもバージ船がよく係留《けいりゅう》されている。沼に隣接する運河には、エイボン川と水位を同じにしてから、エイボン川に船を通す、可動式の堰門《せきもん》「ロック」がある。

イギリスの運河は、全国いたるところに掘りめぐらされていて、たがいに、つながっている。それらの運河も、もとは、貴族たちの交易や遊覧のために造られたのだろう。広大な公園がイギリス各地にあるのも、むかしは森だったところで、貴族たちのいい狩猟地《しゅりょうち》だったという。おそらく、バージ船の持ち主たちも、そのような貴族の子孫なのだろう。

いわゆるカントリ・ジェントルマンの彼らは、バカンスには家族連れで、ときには、親しい家族も招待して、家財道具の完備したバージ船で国内を旅するらしい。

ところで、シェイクスピアの戯曲『アントニーとクレオパトラ』の「バージ」は、「さながら磨き上げた玉座、水面《みなも》に浮かぶ炎だった。船尾の甲板《かんぱん》は金の延べ板、香を焚きしめた帆は深紅《しんく》、かぐわしさのあまり風も恋に落ちて慕い寄る。無数の櫂《かい》は銀、笛の音《ね》に合わせて水を打ち、その愛撫を求める波が競ってあとを追う。女王その人は、筆舌に尽くしがたい美しさ。金の糸を織り込んだ絹の天幕の下に横たわる姿は、画家の想像力が自然の技を超えるヴィーナスの肖像にも優っていた。その両脇には、美少年がえくぼを浮かべて立ち、キューピッドのいでたちでほほえんでいる、その手に持った虹色の扇の送る風は、女王の頬のほてりを冷ますはずが、その甲斐もなくかえってほんのりと上気させるようだった。」（ちくま文庫『アントニーとクレオパトラ』松岡和子訳より。アントニー側近の武将・イノバーバスが、オクテヴィアス・シーザー側近の武将に語る科白《せりふ》で、以下の「」内の引用も、同書からである。）

アントニーが、このようなバージ船の、金糸を織りこんだ絹の天幕の下に横たわるクレオパトラを、はじめて見たとき、クレオパトラは、「彼の心をくわえ込んでしまった、シドナス川の上で。」と、イノバーバスは語っている。この科白について、訳者はその脚注《きゃくちゅう》で、〈She pursed up his heart. 字義通りでは「彼の心を財布に入れてしまった」（中略）だが、名詞 purse には「女性性器」という裏の意味がある。〉と、述べている。

クレオパトラに逢《あ》わなかった頃の、アントニー帝王は、その目は軍神マルスの甲冑《かっちゅう》のように光を放ち、全軍を睥睨《へいげい》していた。彼がただ、「おい。」と言っただけで、彼のもとに伺《し》候《こう》していた諸国の王たちは、ただちに、「陛下、御用は？」と、アントニーの御前に額《ぬか》づいたものである。

だが、アントニーとクレオパトラの連合艦隊が、ついに、オクテヴィアス・シーザーの艦隊と戦うときがやってくる。そして海一面が、血なまぐさい海戦の修羅場《しゅらば》になった時、そのさなかに、とつぜん、クレオパトラの船が逃げだした。するとアントニーは、もはや、さかりのついた〈おす〉に堕《だ》していて、逃げゆく〈めす〉の、クレオパトラを追って、激戦に背をむけて逃げだすのだった。

アントニーの乗った旗艦《きかん》が、クレオパトラの乗った船を追って逃げていく……。それを見たアントニー方の海軍は、慌《あわ》てふためいて、その後を追う……。そして背後から、オクテヴィアス・シーザー軍の、はげしい追撃をうけて、マーク・アントニーの率いる、およそ六十隻の全海軍が、ほとんど、壊滅《かいめつ》してしまうのである。

アントニーが死んだあと、クレオパトラは女王らしく着飾って、毒蛇《どくじゃ》を胸にだいて、アントニーの死の後追いをする。そして、その死の直前に、

「私はもう一度シドナス川のほとりで、マーク・アントニーを出迎えます。」と、クレオパトラは二人の侍女《じじょ》に言うのだが、クレオパトラはそのとき、あの世のシドナス川のほとりを夢みていたのだろうか……。

シドナス川のほとりは、クレオパトラがアントニーと、はじめて出会ったところだった。そこで、クレオパトラから晩餐《ばんさん》に招かれると、アントニーは十回もひげを剃《そ》らせて、宴席に出むいていった。そして、目だけで飲み食いしただけで、クレオパトラの顔ばかりを見ていたという。そのころのマーク・アントニーは四十二、三歳で、クレオパトラは二十九歳だった。

わたしは散歩の途中、マクドナルドをのぞいてみた。エイボン川のほとりの軽食堂へも行ってみた。二十九歳の、わたしのクレオパトラは、いなかった。わたしはそこで、さびしく昼めしを食べた。

数日後、杏子とスワン劇場へ行った。チェーホフの『かもめ』を観た。スワン劇場は、ロイヤル・シェイクスピア劇場と同じ屋根の下にあって、その裏側がスワン劇場になっている。

観劇後、外に出たとき、「おお、寒い！」と、おもわず、ふたりは小さい叫び声をあげた。エイボン川の夕暮れ時の寒気に襲われたのだ。もう、十一月になっていた。

わたしたちは公園のなかを通りぬけて、少し歩いてから、街角のパブに寄った。古びた暖炉《だんろ》には赤い火が、牛の舌のような炎《ほのお》を出して盛んに燃えていた。暖炉の前の席で、彼女は湯気《ゆげ》の立ちのぼるコーヒーを、わたしはワインを飲んだ。『かもめ』が話題になった。

「かわいそうな劇なのに、どうして喜劇なのかしら？」と、彼女は言った。

「そうだね……？」と、わたしは首をかしげた。

「この劇では、みなが、それぞれ、だれかを愛しているのに、その愛のほとんどが、ちぐはぐなのよね。自分では、どうにもならない情《じょう》に翻弄《ほんろう》されているのね。」

「裕福《ゆうふく》な家の娘のニーナは、女優の息子のトレープレフと愛し愛される仲だった。ところが、トレープレフの母の女優が、深い関係の小説家を連れて湖畔《こはん》の屋敷に帰ってくると、ニーナはこの小説家と親しくなり、やがて、小説家を好きになってしまう。」

「ニーナは小説家にそそのかされて、女優になるために家出して、モスクワへ行くのよね。そして彼女は、小説家の子を生んだのに、その子はすぐ死んでしまうのね……。」

「彼女はその後、小説家にすてられて、どさ回《まわ》りの劇団員になったが、やがて彼女は、みじめな姿で湖畔のふるさとへ帰ってくる。しかし資産家《しさんか》の、彼女の母が死んでから再婚した父は、ニーナの母の遺産《いさん》をすべてニーナの継母《ままはは》の名義にしてしまい、親はニーナが、家に入ることも許さない。」

「………。」

「トレープレフは、小説家をめざしていたが、恋人のニーナには裏切られ、多くのファンから、もてはやされる女優の母は、銀行に大金を預《あず》けているらしいのに、息子のトレープレフには、着古した衣服を買いかえる代金も、ポケット・マネーさえも与えようとしない。そのうえ、せっかく雑誌に載《の》るようになった彼の作品も、母は無視してしまう。」

「あわれな姿になって、ニーナが帰ってきたとき、トレープレフはニーナに、彼のもとにいてくれ、と哀願《あいがん》するのよね。でも、ニーナは、疲れはてていたのに、ただ、コップ一杯の水だけを彼からもらって、逃げ去ってしまうのよね。」

「そのあと、トレープレフは銃で自殺する。」

「第二幕で、トレープレフが、射殺したカモメを、ニーナの足元におく場面がありましたわね……。」

「カモメはトレープレフに、気まぐれに射殺されたのだろう。おそらく、射殺されたカモメは、湖畔の屋敷でたまたま出会った小説家に破滅《はめつ》されるニーナを象徴的《しょうちょうてき》にあらわしているのだろうな。ニーナ自身も、あたしはカモメ……、いいえ、あたしは……女優！　と言っていた。」

「しかし、なぜ、喜劇なのかしら？」

「うーん、そうだね……？」

「女優の息子の自殺は、観客から喝采《かっさい》をあびている、母親の身勝手《みがって》が生んだ悲劇だわ！でも、息子が死んでから分かる、母親のおろかな生き方は、やはり喜劇なのよ！」と杏子はその時、きっぱりと、言った。そして、彼女の涼しい目が、なぜか、血走った。

「なるほど……。まえに一度、銃《じゅう》で自殺をはかったトレープレフが、ほんとうに自殺したというのに、その銃声に、おびえている母親に、わが子の不幸を、だれからも知らされないままに、この劇は終わってしまうんだよね……。すると、どこからともなく、おろかな母親をあざ笑う高笑いが、聞こえてきたような気がしなかった……?」

「そうなのよ！　そうなのよね！」

わたしたちがパブを出たとき、外はもう暗かった。とつぜん、また、寒風にさらされた。わたしは彼女を、夕食に誘《さそ》った。

ピザの店へ行った。あたたかい店で食事が終わって、くつろいでいると、彼女はドイツに留学していたときのことや、ヨーロッパ各地を旅したときの話をしてくれて、

「シュンさんも、イギリスにいるうちに、ヨーロッパの、どこかへ行ってくるといいわよ。費用がずっと安上りよ。」と、言った。

「そうだね……。杏子は、どこがいちばん良かった?」

「イタリーよ！　なかでも、フィレンツエね！　それにヴェネツィアも、よかったわ！　また行きたいわ！」

「じゃ、ぼくもヴェネツィアとフィレンツエへ行ってくるか……。杏子も、また行かない……?　いや、偶然《ぐうぜん》のように向こうで会って、杏子の案内で歩きまわる……。」

「フフ……。おもしろそうね。」

その夜、杏子とわかれて下宿にもどってからも、つぎの朝のベッドのなかでも、わたし

はイタリー旅行のことを考えた。

数日後、ついに、わたしはイタリーへ旅することを決めた。そして、その日の放課後、航空券と宿泊の予約券を買いに旅行店へ行った。ひとり旅なので不安はあった。しかし、往復の切符と宿泊券があるのだから、なんとかなるだろうと考えた。

それから二週間ほど経《た》ったころに、杏子から、オペラ『カルメン』のチケットをもらった。いっしょに行くことになった。週日《しゅうじつ》で、授業があったし、会場がバーミンガムだったので、午後四時十分に授業が終わると、すぐに、わたしたちはストラトフォード駅へ急いだ。

オペラは楽しかった。コーヒーを飲みながら、二人で過ごす幕間《まくあい》も、ただ、それだけで、格別《かくべつ》いいものだった。

観劇後、わたしたちは夜の街を少し歩いて、レストランを探してみたが、すぐには見当たらなかった。夜もだいぶ更《ふ》けていたので、ストラトフォードまでタクシーに乗った。公園の近くの街角で下車して、パブに寄った。

食事をしながら、わたしは彼女に、今学期最後の十二月十四日に、ストラトフォードを後にして、つぎの日に、イタリーへ八日間の旅に出ることを話した。

「杏子も、どうお?」と、聞いてみた。

「そうね……?」彼女はくびをかしげた。白い頬がすこし赤らんだような気がした。


十二月になって、数日が過ぎた。小春《こはる》のような、暖かくて穏《おだ》やかな日だった。昼休みに杏子と、五百年もむかしに架《か》けられたという、古い石橋を渡って、エイボン川の向こう岸のレストランへ行った。

その途中、のんびり歩いていると、

「シュンさん、この週末にウォーリック城へ行かない?」と、誘われた。

「ああ、いいよ。ぼくは行ったことがないし、いいところらしいね。」

「あたしも行ったことがないの。一度は、たずねたいところらしいわ。」

「どんなところなの?」

「エイボン川が見おろせる、高い丘のうえにあって、ながめが、すごくいいらしいわ。今でも領主《りょうしゅ》さまが住んでいるそうよ。」

「それでは、今週の土曜日に行こう。」

「じゃ、待ち合わせは、どこに、なん時《じ》ごろにします?」

「ぼくは、どこでも、なん時でもいいよ。」

「じゃ、あたしたちがよく行く、公園近くのパブの前に、ちょうど十時では、どうお？」

「それでいいよ。今日みたいな、いい日だといいね。」と、わたしも、つとめて明るく言った。

しかし、その、わたしの内心《ないしん》では、それまで言いだせないでいたことを彼女に告げて、たのしい話を一瞬《いっしゅん》に冷やしてしまうことを恐れていた。だが、もう、いつまでも心に秘《ひ》めたままにしてはおけない、と思った。

とうとう、食事が終わったころを見はからって、わたしは彼女に、大学三年生の娘が、冬休みにイギリスに来て、一月十日に帰国の予定なので、そのとき、わたしも一緒に帰ろうと思っていると話した。

「そう……。あたしは……、まだ帰れないわ……。」

彼女は伏し目になった。表情がかげった。そのあと、しばらく、ふたりはだまったままだった。やがて、わたしが時計を見ると、彼女も時計を見て、

「もう、午後の授業ね。」と、立ちあがった。わたしたちはすぐそこを出た。

やがて、その週末の土曜日になった。ところが、朝起きて、外を見たとき、おどろいた

ことに、雪がはげしく降っていた。

「ああ、困ったな！　この雪では、どうしよう……？」と、わたしは部屋の窓ガラス越しに、降りしきる雪をただ呆然《ぼうぜん》とながめた。「この大雪では、杏子も来れないだろう……。しかし、約束したのだからな……。だが、おれには、いつも履いている短靴しかないし……。その靴で行けば、足は、ぐしょぐしょに濡《ぬ》れてしまう……。待ちあわせは公園近くのパブの前に十時……。杏子は来ないと思うが……。」

ケイタイのような便利な機器《きき》のないころで、さらに、わたしの不注意から、彼女のホーム・ステイ先の電話番号も聞いていなかった。降りつづく雪をガラス越しにながめるだけで、時はむなしく過ぎていった。一日中、彼女のことを思いつづけ、部屋のなかを落ちつきなく動いていた。

ところが、つぎの日の日曜の朝は、快晴だった。外は見渡す限り、目がくらむばかりの銀世界だった。風もなく、日ざしもおだやかだった。

昼近くなって、外出した。歩道の雪が解《と》けて、シャーベット状になっていた。歩きにくい雪道《ゆきみち》を、靴に気をとられながら歩いた。やがて靴下《くつした》までつめたくぬれてきた。それでも歩きつづけた。

その日が、わたしのストラトフォード最後の休日だった。街角のパブをのぞいてみた。それから公園を通って、なじみの軽食の店へ行った。杏子はいなかった。ワインを飲んだ。無性《むしょう》にさびしかった。

店から外にでると、エイボン川の岸べに立った。対岸につらなる、冬枯れの柳もさびしそうだった。寒々とした青空に、屹立《きつりつ》する聖トリニティ教会の尖塔も、エイボン川につめたく映っていた。その情景を見おさめの思いでながめた。

その翌日、月曜日の始業前に、彼女はわたしを見ると近づいてきて、小声で言った。

「シュンさん、どうして来なかったの？　シュンさんは、来ないはずはないと思って、雪の降りつづくなかで、一時間も待ったのよ。なかなか来ないので、パブのとなりのマクドナルドに入ったの。シュンさんが来ないかと、ガラス越しに外を見ていたの……。」

「ごめんなさい。あの雪じゃ、杏子も来ないと思って……。ごめんなさい。」と、わたしは彼女に、こころから頭をさげた。

「もう、いいのよ……。でも……。もう、どこへも、いっしょに行けないわね……。」

「ごめんなさい……。」

わたしの目も、うるんできていた。

昼休みに、杏子をエイボン川の向こう岸のレストランへ誘《さそ》った。わたしたちは、だまりがちに食事をした。別れる日が近づいていた。

「日本のもので、ほしいものがあったら、帰国後、送ってあげたいが、なにかない？」

と、わたしは彼女にたずねた。

彼女はうつ向いていた。しばらくして、わたしの顔を見て、

「それでは、不二家《ふじや》のノースカロライナを送ってください。ミルキーのようなキャンデーなの。」と、言った。

その三日後の、十二月十四日の昼前に、秋の後期の授業が終わった。午後には、学期末のパーティーをかねて、クリスマス・パーティーが校内で、かなり豪華に催された。大きな七面鳥《しちめんちょう》の丸焼きも出た。先生方が、ひとりひとりの学生の皿に、ローストされた七面鳥の肉をスライスして盛りつけしてくれた。

パーティーが終わったあと、わたしは副校長のアン・ホームズ先生と、担任のジョン・マーフィ先生をはじめ、先生がたに、あいさつをしてから、スワンスクールをあとにした。そのとき、日本人学生たちがわたしを、ロンドン行きバス停まで送ってくれた。

その日、ストラトフォードは濃霧《のうむ》だった。街も、公園も、エイボン川のあたりも、深い

霧の海に沈んでいた。まるで生乳のような白さの濃霧にぼかされた街灯《がいとう》の灯《ひ》だけが、ほんのりと赤みがさしてかすんでいた。とても、この世のものとは思えない、まぼろしの世界のようだった。

わたしたちはバス停奥のパブに集まって、しばしの間、たがいに別れをおしんだ。わたしの子か孫のような二十歳《はたち》を過ぎたばかりの、ほとんどが女子学生たちだった。みな、里心《さとごころ》がついて日本へ帰りたいのだ、と思って、わたしも、つらくなっていた。

やがて、わたしはロンドン行きの長距離バスに乗った。折りかさなるようにして、むしろ、はしゃいで、わたしに、さかんに手を振る学生たち……。なかには、泣きじゃくっている女子学生もいた。わたしはうれしいような、かなしいような衝動《しょうどう》におそわれて、発車寸前に、おもわず彼女らに投《な》げキッスをした。すると、年がいもない自分の投げキッスが気になって、うしろの方にいる、杏子を見た。彼女の顔は、蒼白《そうはく》な能面のようだった。

その翌日に、わたしはヒースロー空港から、イタリーのヴェネツィアと、フィレンツェへ七泊八日の旅に出た。

今でも、うちの近くの丘の上から、向こうにひらける海をながめるとき、ヴェネツィアの大運河を想うことがある。それは、遥《はる》かに見渡せる大海原に、ヴェネツィアの大運河さながらの、つむぎ織《お》りの帯のような縞模様《しまもよう》が長々と現れるときである。

ヴェネツィアには車がない。潮《しお》の香《かお》りの別世界だ。わたしは毎日、朝食をすませて、しばらくすると、観光客や鳩で賑《にぎ》わう、サン・マルコ広場へ行った。ひょっとして、この群集のなかに、杏子がいないかと探している自分に気づくことがあった。

豪壮なサン・マルコ寺院には、自由に出入りできる。なかは薄暗くて、広い。入口上部にある、十字軍が持ちかえったと言われている、「四頭の青銅馬像」を写生している人を、いつも見かけた。二階には展示室や、宝物館《ほうもつかん》があった。

寺院のすぐ前にある、高さ約百メートルの鐘楼《しょうろう》には、エレベーターがついていた。この鐘楼と、サン・マルコ寺院のあいだを通りぬけて、わたしはいつも大運河を見にいった。大運河の潮の香りが、うれしかった。笑っているかのように大きくうねりゆく、波また波の大運河をながめながら、わたしは岸べを、どこまでも歩いた。

ヴェネツィア最後の日には、「ヴァポレット」と呼ばれる水上バスに乗って、大運河から海へ出て、ヴェネツィアン・グラスで有名な、ムラノ島へ渡った。

つぎの旅行地・フィレンツエでは、高さ百十四メートルの、色あざやかな聖母寺「ドウモ」の大円蓋《だいえんがい》が、どこからでも見える。方向音痴《おんち》のわたしでも、道に迷うことはない。

フィレンツェでは、ほとんど毎日、午前中は美術館めぐりをたのしんだ。もう、二十年以上も前のことになるが、いまでも、ウフィッツィ美術館の、ボッティチェリ作『ヴィーナスの誕生』の「ヴィーナス」を思うことがある。すると、彼女のあごの線の、かぎりない優しさに、わたしの心はときめいてくる。

また、アカデミア美術館の、ミケランジェロ作『ダヴィデ』のみごとな彫像《ちようぞう》も、目に浮かぶ。彫像『ダヴィデ』だけの特別な部屋があった。その中央部の高い台座の上に、等身大の二倍より、さらに大きい大理石の、白い美肌《びはだ》の若いダヴィデ王の裸像《らぞう》は立っていた。その美しいからだの立像を思い浮かべるとき、八十路《やそじ》をたどる今でも、わたしの血を熱くさわがせるような気がする。

午後は毎日、アルノ川にかかる二重の橋・ヴッキオ橋を渡った。そして、「花の都」と謳《うた》われた、フィレンツェの街をふり返りながら丘を登った。

そこは観光客がまばらだった。高くつらなる生垣がめぐらされていて、そのかどに、大理石の美女の裸像が立っていた。しばし、佇《たたず》んで見あげていると、彼女は、高い台座の上から、さびしそうに、ほほ笑みかけてくれた。それが、杏子のように見えてきた。

丘を登るにつれて、ピッティ宮殿や、パラティーナ美術館が目に入ってくる。裏側にまわれば、広大なボーボリ庭園がひらけた。

娘・亜紀と

わたしがイタリー旅行からロンドンに帰った四日後の夕刻に、日本からひとりでやって来る、娘《むすめ》の亜紀《あき》を迎えに奥田君の運転する車でヒースロー空港へ行った。彼は高校生の頃から、うちへなん度か来ていたから、娘の亜紀とは、たがいに気らくに話せるようになっていた。

その頃、奥田君の奥さんは、生まれて半年ほどが過ぎた赤ちゃんをつれて、里《さと》がえりで帰国していた。それで、その夜から、亜紀とわたしは奥田君のマンションに泊《と》めてもらい、三人の自炊生活をはじめた。

その辺《あた》りには、冬枯れの巨樹がそびえていた。枯れ葉をおとした雑木林も多かった。その一角のハイゲート墓地には、『資本論』の著者・マルクスの墓と胸像がある。それにしても、それは歴史の流れを変えた偉人の墓のようではなかった。その墓地へゆく道は細く、その狭《せま》い道の両側は、枯れ草がのびほうだいになっていた。

冬のロンドンは、よく知られているように、天気がとても変わりやすい。朝は晴れていても、一日に一度は、かならず、雨が降った。だから毎日、わたしたちは傘《かさ》をもって出かけた。そして近くの駅では、いつも往復切符を買った。往復切符を買うと、びっくりするほど安くなった。

これも、大英博物館やナショナル・ギャラリーなど、多くの博物館や美術館の入場料が無料なのと同じように、一般の人たちへの、いわば「ほどこし」なのだろうか。

このことは、チップを与える風習《ふうしゅう》と、あい通ずるような気がする。レストランで食事をしても、タクシーに乗っても、ホテルでボーイに荷物を運んでもらっても、どこのトイレを借りても、給仕や運転手やトイレを掃除する人たちに、チップをあげる。

その歴史的な背景には、イギリス王家を頂点とする階級制度、すなわち、公爵・侯爵・伯爵・子爵・男爵・勲功爵《くんこうしゃく》（ナイト）など、貴族の長い伝統があるのではないか。

これについて、実業之日本社刊『イギリスの旅』によると、「王族、貴族が厳存しているほか、上流、中流、下層階級のきびしい区別があって、お互いにそれを認めあっており、（中略）中流階級は、さらに upper middle と lower middle の上下に分かれていて、この両者は同じ中流階級でも職業、収入、教育、住宅、生活感情までちがうのである。」と、（戦後は崩れはじめているらしいが。）厳《きび》しい階級制度について述べられている。

日本でも、一八八九年の大日本帝国憲法発布のときに、勅旨《ちょくし》によって爵位制度が生まれたが、その半世紀あまり後の一九四七年には、新憲法の施行とともに廃止された。

ところがイギリスでは、なん百年にもわたって、このような階級制度が維持されてきているのである。だから、おそらく、長い年月のあいだに、下層《かそう》と思われるものに、「ほどこし」をする風習が生まれたのではないか。ちなみに、相手が初対面の人でも、その住所、職業、言葉、服装、マナーなどによって、大体の階層が判断されると、さきに引用した、『イギリスの旅』に記されている。

また、人びとのキリスト教への熱い信仰心の影響もあって、なんらかのサービスを受けると、聖書の博愛《はくあい》の教えに従って、お礼の気持ちも添えて、「チップ」を与えるようになったのではないか。

それはともかく、まあ、こうして毎朝、わたしたち親子は、おどろくほど安くなる往復切符を買って、とても深い地下にある、古いプラットホームまでの石段を、こわごわと降りてゆき、地下鉄・ノーザンラインに乗った。そして、ロンドン市内の観光名所をたずねて歩いた。

やがて郊外へ、日《ひ》ごとに残り少なくなる一日がかりの旅もはじめた。初老の父と若い娘の、弥次喜多《やじきた》のような旅だった。

娘の亜紀を、まず英語の「風呂《ふろ》」の語源にもなった町・バースへ案内した。英国鉄道・BRに乗ったのだが、座席は空《す》いていた。

車窓の窓ごしに見えてくる畑や牧草地が、どこまでも平たんに、つづいていた。ときどき羊の群れが現れてきて、すぐ後方へ消えていくと、点在《てんざい》する田舎家も見えてきた。

「イギリスの田舎は、広いのね。国土は日本より狭いのでしょう。」と、亜紀が言った。

「おれも、はじめて、ロンドンからストラトフォードまで長距離バスに乗ったとき、田園風景の広さには、おどろいたね。イギリス本土の面積は、日本の三分の二ぐらいらしいが、この国には山や、谷がないのだな。だから日本なんかより、ずっと広い感じがするのだと思うよ。見渡すかぎり、このように畑と牧場だ。」と、答えて、「それに、ハイド・パークやグリーン・パークのような公園も、もとは貴族たちの狩猟《しゅりょう》をする森だった。だから、イギリスでは森の奥でさえ、いまの公園のように平たんな土地なのだと想像できるだろ

めていた。

「ふうーん……。」と亜紀は、うなずきながら電車の窓からの風景を気持ちよさそうにながめていた。

バースをおとずれて、まず目をみはったのは、街並みの美しさだった。どの家も淡い茶色の、きれいなバース石で建てられていた。

二千年以上もむかしに侵攻《しんこう》して来た、古代ローマ人が築いたという、当時のままの石造りの大浴場には、濁《にご》った湯がたまっていた。蒸し風呂の部屋や湯の湧き出ている湯元もあった。わたしたちはそこで、飲めば胃腸に効《き》くという、コップ一杯の温泉を買ってのんでみた。だが亜紀には、そのにおいも味もあまり好評でなかった。

そのすぐ近くの、バース大聖堂を見学したあと、しばらく歩いていくと、あのストラトフォードを流れていた川とおなじ名の〈エイボン川〉に架《か》かる美しいパルティィニィ橋の景観《けいかん》に出あった。だが、その川が、ストラトフォードの川とおなじ川かどうかは、よく分からなかった。後になって聞いたのだが、とにかくイギリス人は、〈エイボン川〉という名の川が好きで、他にも、〈エイボン川〉があるらしいのだ。

このパルティィニィ橋は、イタリー・フィレンツエのアルノ川に架かる、有名な二重の橋・ヴッキオ橋を模《も》して造られたのだそうで、その橋の両側には、きれいな店やカフェが並んでいた。その花やいだ店を物色《ぶっしょく》して歩いてから、ジョージア王朝風の大きな建物、「アセンブリー・ルーム」をたずねた。

十九世紀頃、このバースという町は、イギリス上流階級の保養地だったという。そして、その当時、この「アセンブリー・ルーム」で、ヨハン・シュトラウスやリストなど、当代随一の音楽家を集めて、毎夜のように舞踏会が催されたのだそうだ。

つぎの日は、英国南端の海浜高級リゾート地・ブライトンへ行った。季節はずれの冬の海は荒れていた。寒風にさらされた海べは殺風景だった。町の象徴にもなっている、オリエント風の豪華《ごうか》な建物、「ロイヤル・パビリオン」や、アンティークの店の目立つ、「ザ・レーンズ」を見てまわった。

そのつぎの日には、約九百年の歴史を誇る、イギリス王室の離宮《りきゅう》・ウィンザー城をたずねた。このときも、BRの電車の座席は空いていた。わたしたちは車窓から、のどかな田園風景をたのしんだ。

ウィンザー城のはるか下方には、テムズ河が流れている。その向こうには、名門のパブリック・スクールのイートン校も見えた。

その日は、ほとんどいつものように、女王陛下が不在だったらしく、城のなかも見学できた。そのあと、バッキンガム宮殿前とおなじような、衛兵の任務交代の華麗《かれい》な儀式を観て、たのしんだ。

さらに、そのつぎの日には、ウェストミンスターの埠頭《ふとう》から、観光船に乗ってテムズ河をくだった。いくつもの橋の下を通り、ロンドン橋を過ぎると、タワー橋が見えてきた。

タワー橋は、十九世紀の終わりごろに建てられた、砦《とりで》のような橋である。両側がゴシック様式の重厚《じゅうこう》な塔になっている。塔には、エレベーターもついている。中央部が、「ハ」の字型にはね上がる可動式の橋で、その上部には歩行者用の橋も架かっている。往年のイギリスの誇る橋である。森に囲《かこ》まれたロンドン塔は、この大橋の北の方に位置する。

亜紀はロンドン塔では、とくに、その宝石館の展示品に、こころを奪われたようだった。この宝石館では、一八三八年に、ヴィクトリア女王が戴冠式《たいかんしき》に用いたという、三七〇〇個もの宝石をちりばめた王冠が展示されていた。四〇〇〇カラットのダイヤモンドの原石や、世界でもっとも大きいと言われている、五三〇カラットのカット・ダイヤモンド「アフリカの星」など、王室ゆかりの高貴な品々も見学できた。

ロンドン塔を見学したあと、わたしたちはまた観光船に乗って、テムズ河をくだった。

テムズ河は、そのあたりから川幅が広くなる。やがて、観光船はグリニッジの岸壁に接岸した。

グリニッジでは、旧王立天文台や国立海洋博物館に入った。中国から茶を運んだので、ティー・クリッパーと呼ばれ、十九世紀末に活躍した、カッティ・サーク号にも乗った。船のなかが博物館になっていた。


夜には、亜紀があらかじめ観光案内書で調《しら》べてきた、レストランをたずねた。はじめに、ロースト・ビーフの老舗《しにせ》・Sへ行った。白い上っ張りをまとった、カーヴァー（肉を切って給仕してくれるウェイター）が、銀色に光る、大きな半球状のものを乗せたカートを押《お》してきた。

彼が、やおら、その銀製のふたを開けると、ローストされた巨大なビーフのかたまりが現れた。カーヴァーは、テカテカに美しく焼きあがった牛肉の大きなかたまりから、ナイフとフォークを巧《たく》みに使って、血のしたたるような肉片をスライスして、テーブル上のわたしたちの皿に盛りつけてくれた。だが亜紀は、その血のしたたるようなビーフに恐れをなしたようだった。スープも、わたしたちの口には、とても塩からく感じられた。

チャイニーズ・レストランでは、白い湯気《ゆげ》の立つ、色々なヤムチャが次からつぎに、カートに乗せて運ばれてきて、ほしいものを取って食べたときのことは、いい思い出になったらしい。ワインで頬を染《そ》めながら、パエーリャを食べてから観た、フラメンコのことは、いまでも話題になることがある。

亜紀は、また、イギリスに来る前から、ロンドンのミュージカルをたのしみにしていた。その頃、ロンドンでは、ミュージカルが大変な人気だったし、そのことを亜紀は知っていたらしかった。

奥田君はわたしたち親子のために、『オペラ座の怪人』のチケットを、その後、『キャッツ』のチケットも、なんとか手にいれてくれた。

亜紀はわたしとふたりで、年末に念願《ねんがん》のミュージカルを二つも観ることができて、満足したようだった。夜おそく、親子二人で、ロンドンの箱型タクシーに膝《ひざ》つきあわせに乗って、ハイゲートのマンションに帰った。

ところで、ロンドン・ハイゲートの辺りでは、クリスマスから正月のはじめにかけて、ほとんどの店が休業していた。二十年以上も前のことではあるが、食料品店も、レストランも、カフェも、シャッターを下ろしていた。また、そのあたりには、コンビニエンス・ストアのような店はなかった。

そのような事情《じじょう》もあって、お世話になっている、奥田君へのお礼もかねて、亜紀とわたしは奥田君を、パリとストラトフォードへの旅に招待した。

しかし、パリでは、けっきょく、奥田君がわたしたち親子の案内役をつとめてくれたし、ストラトフォードへは、奥田君の運転する車で行くことになった。

パリへは正月二日に、ヒースロー空港から二泊三日の旅に出た。そして、一月四日にロンドンに帰ると、つぎの五日と六日が、ちょうど土曜と日曜日だったので、奥田君も都合《つごう》がついて三人で、ストラトフォードへ一泊の旅に出かけた。

ストラトフォードでは、はじめに、木骨造り二階建ての、シェイクスピアの生家をたずねた。部屋のなかには、家具類や調度品《ちょうどひん》が当時のままに備《そな》わっている。

その真向かいの、シェイクスピア関係の資料館・シェイクスピア・センターにも寄った。そこでは、シェイクスピアに関する書籍類や、イギリス放送協会・ＢＢＣが使用した、シェイクスピア劇の衣裳や、ロイヤル・シェイクスピア劇場で上演された劇の舞台写真などを見学した。

また、シェイクスピアが一六一六年に歿《ぼつ》するまでの晩年を過ごした、「ニュウ・プレイス」をたずねた。内部は、その時代の生活様式がしのばれる博物館になっている。その裏側は、当時の様式のままに、きれいに手入れされた庭園になっていた。

そのあと、奥田君の車で、シェイクスピアの母、メアリー・アーデンの豊かな農家と、シェイクスピアの妻、アン・ハサウェイの豪農《ごうのう》の実家を見てまわった。

夜は、『リア王』の芝居をたのしんだ。

つぎの日には、わたしが世話になった、ホスト・ファミリーをたずねた。ヴァクイーロ夫人だけが在宅していた。とても、よろこんでくれて、わたしをつよくハグして、口もとに熱いキスをしてくれた。

公園の近くの、パブにも寄った。料理を出すカウンターのママにあいさつすると、お相《す》撲《もう》さんのような巨体《きょたい》のママが、わたしたちのところへ出てきて、わたしの細いからだを真綿でつつむように、そっと抱いて、頬にあたたかいキスをしてくれた。

そのパブの料理用のカウンターでは、料理を注文すると番号札が手渡される。はじめて料理を注文したとき、わたしの受けとった番号札には三桁《みけた》の数字が記されていた。料理が出来あがると、ママはじつに早口で、その番号を順不同に読みあげるので、しんけんに、わたしは耳を傾けつづけた。数字の英語の聞きとりは、とても大切なのだが、これがまた、神経を疲れさせる。

やっと、わたしの番号が呼ばれて、カウンターへ行ったとき、わたしはママに、嘆息《たんそく》しながら、「英語はたいへん難しい！」と、もちろん、わたしのジャパニーズなまりの英語で言った。その後、わたしが料理を注文すると、いつも彼女は、料理をわたしのところまで持ってきてくれるようになっていた。

奥田君と娘を、彼女に紹介してから、まもなく日本へ帰ることを告げた。すると、ちょっと待ってください、と言って立ちさった。やがて、わたしへの土産だと言って、料理を食べるときに用いる、料理皿の下に敷く、パブ独特の模様入りのプレートを数枚くれた。

ロンドンに帰って、そのあとの三日間は毎日、娘と二人で地下鉄に乗って出かけた。手ごろな値段で、よろこばれるような土産の品を物色して歩いた。おもに、ピカデリー通りや、リージェント通りや、ボンド通りを歩きまわった。

わたしたちは、こうしてスイス大使館わきの店で、亜紀たちに好評らしい、スイス製のチョコレートを、リージェント通りでは、ウエッジウッドの花瓶《かびん》を、ピカデリー通りでは、フォートナム&メイソンの紅茶を買った。

歩きつかれて、早めに帰ったこともあったが、雑踏《ざっとう》から逃れて、グリーン・パークに寄ったことがあった。そのとき公園には、のどかな風情《ふぜい》の屋台が出ていた。その屋台から、わたしたちはサンドイッチとジュースを買ってきて、賃貸《ちんが》しのデッキ・チェアも借りて、日光浴をしながら昼食をたのしんだ。

そして一月十日に、ついに、わたしたちは帰国の途《と》についた。ちょうどその頃、中東情勢が緊迫《きんぱく》していた。ヒースロー空港では、スーツ・ケースのなかを、かなりくわしく調べられた。

離陸は十三時三十分で、成田には翌十一日の午前十時三十分に到着の予定だったが、その時間より十分早く着いた。娘の高校時代の友人が、空港まで車で迎えに来てくれていた。

その翌日、すなわち、一九九一年の一月十二日に、湾岸戦争は起こった。

霧のなかへ

三宅杏子《みやけきょうこ》には、ストラトフォードの濃霧のなかで別れて以来、まだ会っていない。もう会うことはないだろう。あのとき、帰国して数日が経ってから、わたしは約束どおり彼女に、最寄《もよ》りの不二家《ふじや》から、「ノースカロライナ」というキャンデーを送った。しかし、彼女からは、届いたのかどうかも知らせてこなかった。

それから、じつに七年が過ぎたある日、彼女から電話があった。

「あ！　シュンさんですか？　あたし、ストラトフォードでお世話になりました、杏子です。お礼がおくれて、ごめんなさい。シュンさんの電話番号を一〇四で調べてもらって、やっと、分かりました。あのとき、ノースカロライナを送っていただいて、とても、うれしかったわ！　お礼がおくれて、ごめんなさい。」

彼女の話によると、彼女の妹・エミがつい一ヶ月前に、くすりで自らの命《いのち》を断《た》ったのである。エミは、中学生のころから、高校生になってからも、不登校がつづいていた。その後も精神を病《や》んでいた。

長女だった杏子は末の妹のエミと、年がずいぶんはなれていたから、エミが幼かったころから、なにかとエミを可愛がってきた。そのエミが世間体《せけんてい》を気にする母親と、うまくいっていなかったので、杏子はストラトフォードに来るまえから、こころを痛めていた。

彼女はエミを、母親から解放してあげたいと思った。それで、長らくドイツに滞在していたが、思いきってエミを引きとって、しばらく、いっしょにイギリスで暮らそうと、両親もやっと賛成してくれたので、スワンスクールに留学してきた。しかしエミは、海外へ出ることはなかった。母親がくすりで無気力になったエミを、世間の目から隠そうと、家のなかに閉じこめていたのかも知れない。

彼女の電話の話を聞いて、わたしはスワン劇場で、彼女とチェーホフ劇『かもめ』を観たときのことを思い出した。あのとき、昼の部の劇が終わって外に出ると、寒い夕暮れ時だった。馴染《なじ》みのパブに寄った。赤々と燃える暖炉のまえで休んだ。観てきたばかりの『かもめ』が話題になった。

「可哀《かわい》そうな劇なのに、なぜ喜劇なのかしら?」と、杏子が言ったのを思い出す。そのあと、喜劇『かもめ』について、語りあった。

「女優の息子の自殺は、観客から喝采《かっさい》をあびている母親の身勝手《みがって》が生んだ悲劇だわ！　でも、息子が死んでから分かる母親の愚《おろ》かな生き方は、やはり喜劇なのよ！」と、彼女は興奮した声で、きっぱりと言った。そのとき、彼女の涼しい目が、なぜか血走った。それが、わたしには、なぞだった。

しかし、彼女の電話でやっと、彼女の家庭の様子も少し分かって、そのなぞが解けたような気がした。

杏子は帰国後、しばらく神田の、ある出版社に勤めたが、今は退職して谷中のアパートに、ひとりで住んでいる。中国語の勉強をしながら、分骨《ぶんこつ》してもらったエミのお骨《こつ》に祈りをささげる日々を送っている。

格式《かくしき》を重んじ、行儀や作法に、あまりにもきびしかった、そして花やかな社交の多かった母親も二年前に、こわい病気で亡くなったという。

「ちゃんと食べているの？」と、わたしは心配になって、たずねた。

「きちんと、食べているわ。お骨にお供えするために、できるだけ美味しい料理を作るのよ。」と、彼女はいかにも明るく答えた。

「しかし、そのままではいけないな……。仏《ほとけ》になった妹さんにとっても、けっして、いいことではないよ。四十九日には、きっと、お父さんは法事を行うだろう。そのとき、分骨してもらったお骨をお墓に納《おさ》めてもらったほうがいいよ。」と、わたしは言った。

それから一ヶ月が経《た》って、彼女に電話をかけた。その後の様子をたずねた。まえのときより元気そうだった。

「わたしのできることで、杏子の力《ちから》になれることがあったら、なんでも言ってね。」と、電話を切るとき、わたしはつけ加えた。

「あたし、大丈夫ですから……。」と、彼女はさびしそうに答えた。

その後、わたしも彼女に電話をかけないし、彼女からも、なんの音信《おんしん》もない。蒼白な能面のような彼女の顔が、ストラトフォードの濃霧のなかへ消えたままである。

あとがき

近ごろ、老いのつれづれに、川端康成の名作『古都』の書写をつづけております。その二年ほどの間に、さきに同人誌や会誌に発表した、ささやかな作品に、あらたに手を入れてみました。

『還暦ひとり旅』は、同人誌「甃《いし》」に発表した、『私のイギリス紀行』という日記風の紀行文を、この度、全面的に書きかえて、『還暦ひとり旅』と、物語風にまとめました。

その他の三つの掌編は、茨城文芸協会会誌「茨城文学」に発表したものに、あらたに手を入れたものです。それらの題名は少し変えたのもありますが、ほとんど同じです。

ところで、『古都』の文体に魅せられながら、これらの仕事をやりました。『古都』では、とくに、「ひらがな」での表記に、こだわっているかのような文章に、感動しております。わたしの目に映る、その、「ひらがな」の美しさは、読点「、」を、たくみに付すことによって、また、難解な漢字をふくめて、むしろ読者の関心をひきたいような、やさしい漢字にも、「ひらがな」のルビを付すことによって、読者の想像力をかきたて、そのイメージを美しく仕上げているような気がいたします。

『古都』の文章に、このように惹かれながら、老いの心底をながれる、しめりがちな心情を、これらの小品に込めてみました。

〈参照した図書〉

『古都』（新潮文庫）川端康成著　新潮社
『イギリスの旅』木野悍著　実業之日本社
『イギリス』グループ・ルパン著　昭文社
『シェイクスピア全集』（ちくま文庫）松岡和子訳　筑摩書房
『チェーホフ全集』神西清・池田健太郎共訳　中央公論社

【著者略歴】

村上 俊介（むらかみ しゅんすけ　本名：川上 信一）

1929年　茨城県に生まれる。
1949年　茨城県立太田第一高等学校卒業
1959年　東京学芸大学卒業
　　　　東京都葛飾区検察庁、東京都日野市立日野第一中学校、茨城県立日立第一高等学校に勤務。
1990年　定年退職。
1996年　川上静子遺句集『桜貝』を、水戸市二鶴堂印刷所で印刷し、東京都㈱新英の製本で出版。
2001年　新風舎刊『陽は海へ沈んで』で、茨城文学賞受賞。
2009年　『陽は海へ沈んで』の改訂版『落日』を㈱文芸社より出版。
　　　　詩の同人誌「華氏」、文芸同人誌「現代人」を経て、現在「甃」同人、茨城文芸協会会員。

還暦《かんれき》ひとり旅《たび》

2013年9月4日　第1刷発行

著　者 ── 村上《むらかみ》 俊介《しゆんすけ》
発行者 ── 佐藤 聡
発行所 ── 株式会社 郁朋社《いくほうしや》
〒101-0061　東京都千代田区三崎町2-20-4
電　話　03（3234）8923（代表）
FAX　03（3234）3948
振　替　00160-5-100328

印刷・製本 ── 株式会社東京文久堂

落丁、乱丁本はお取り替え致します。

郁朋社ホームページアドレス　http://www.ikuhousha.com
この本に関するご意見・ご感想をメールでお寄せいただく際は、
comment@ikuhousha.com までお願い致します。

 ISBN978-4-87302-567-4 C0093